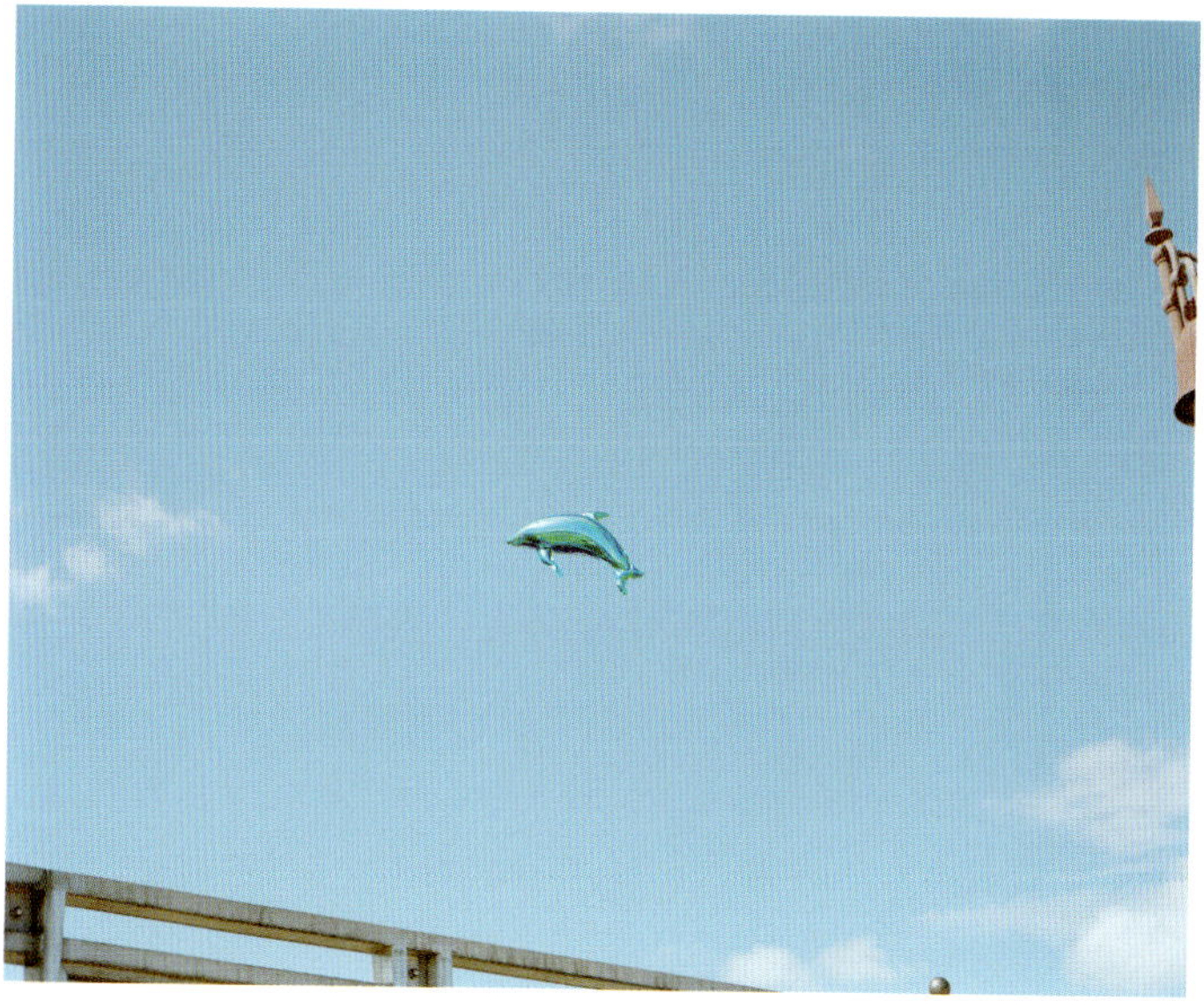

女子の遺伝子

よしもとばなな
三砂ちづる

亜紀書房

1　女子と野性

2　母の存在

三砂あねき

よしもとばなな

目下のものとしてとても不遜なもの言いだとわかってはいるのですが、ずけずけ言うことが私の賛辞なので言います。

三砂さんの書かれているいろいろなこと、おっしゃっていること、どれをとってもちゃんとした衛生学の知識に裏打ちされて提示されている「あたりまえのこと」として読んできました。

こわい女の人だなとも思わなかったし、なにかを押しつけられている感覚もなく、ほんとうだよな～とずっと思ってきたわけです。

かといって私に実践できているわけでもなく、いまだに旅先では使い捨てナプキン（でも、布ナプキンって私にとっては確実に生理の期間が短くなるし、なにより温かい。あの洗うときの『うおお、ウォーキング・デッドやで』みたいな気分にもすぐ慣れる)、子どもは目一杯紙おむつ(しかも三歳まで取れなかったという…パンツとしてはいていて、トイレで脱いで排泄して、またはいていたという…意味がない! でも本人がそれが安心だっていうのでそれもまたてきと〜に許していてついに幼稚園で怒られて取ったら、その日からパンツで大丈夫だったという…!紙おむつ代を返せ〜!っていうか、自分よ、もっと早く気づけ!)、着物にはいたらずにゆるい洋服を着て、だましだまし生きているわけですが…。

それでも、三砂さんのおっしゃっているようなことのほうに軸を合わせているからこそ、かろうじて健康的に暮らせている気がしています。

私たちが便利だとか衛生的だとか合理的だとされる考え方とか、現代社会のスピードだとかに合わせて、もっと言ってしまうと、男の人が作った社会や企業の理念に合わせて、私たちがお金をふんだんに吐き出すように、いつのまにか洗脳されてしまっていたいろんなことを、実はそうじゃないんじゃないの?と暴く係をして下さっているのが三砂さんだと思うのです。

あれもこれも女性の体に大きな負担だよね、だから見直してみるのもいいよ、だけどね、男っていいものだよ。それに女っていうのも女の体を生きるのも、いいものなんだよ。体は祝福なんだよ。なによりもそれに気づこうよ。

そういうことを、三砂さんはあるときに急に、まるでタイムトラベラーのようにさっそうと、日本のきりきりした社会に戻ってきて、ずばっというよりはさらっと言いはじめたのでした。

いいなあ、と私は普通に思ってきました。

こうしなさい、ではなくて、こういうのもあるよ?っていうそのあり方を。

三砂さんの授業を受けることができて会うことができる、相談したりもできる生徒さんたちに対しては、ほんとうによかったね、と思います。私が学生だったら一生卒業したくない!

日本仕込みの人情、イギリス仕込みの知性、ブラジル仕込みの肝っ玉、全部を兼ね備えた三砂さんは今の日本の若い女性にとても必要な人だなと思います。

人と人のとるべき間合い、心地よい食生活、自分の体にくつろぐこと。いろんなことを知っている三砂さん。着物を着てにこにこしている色っぽい三砂さんを見ていると、こちらもなんとなくゆるんできます。

そしてその瞳の奥にある広大な光と闇の世界をふとかいま見る時、ああ、まるでカスタネダのドン・ファンシリーズに出てくる、女呪術師の仲間同士みたい、私たち、と思って、私はますますひとりぼっちじゃない気持ちになりました。

かつてご家族に問題があったときのお話をオフレコでされていたとき、せっぱつまった状況、命に関わる瞬間をどうやって打開したのかと私がたずねると、三砂さんはさらっと、「たしかね〜、歌を歌ったんじゃないかな。それでドアから出て逃げたの」とおっしゃいました。

今もそれを聞いたときのびっくりしたような清々しいような気持ちを忘れられません。

この人、魔法使いだ、と本気で思いました。

魔法使いがいるなら、現代もそんなに生きにくくないかもしれないし、火あぶりになりそうになっても助け合えるし。

やはり人生は捨てたものでもないですね！


奇しくも私はこの本を作っている期間に母を喪い、三砂さんもお父さまを喪いました。特にお互いにべたべたと助け合ったわけではなくても、なんとなく存在をそばに感じ合えて、すごく頼もしかったです。

そんなすばらしい機会を与えてくださった、亜紀書房の足立さん、ありがとうございました。

この本に関わってくださった全ての方に感謝します。

単にすばらしい先生の講義を聴いているダメな生徒みたいになっちゃった対談でしたが、私にとって心に残るとても大切な本になりました。

はじめまして

三砂　ばななさんのことを初めて聞いたのは、ロンドンにいた時です。私は八〇年代の半ばから二〇〇〇年までほとんど日本にいませんでした。一番最初に日本を出たのが一九八四年で、一度帰ってきたのが沖縄で、数年住んで、また出てしまいました。

よしもと　しょっぱなからなんだかすてき（笑）。

三砂　沖縄にいたので日本にいたとは言えないところもあります。つまり、バブル期の日本にはいなかった。

よしもと　ああ、だからいま斬新な視点でいろいろなことをおっしゃることができるんじゃないですか。浦島太郎のようにびっくりした気持ちで、どんどん変わってゆく女の人たちを眺めたから生々しく描くことができたんじゃないかと思います。私たちにはそういう人が必要だったんですね。

三砂　こわさも知らなかったんでしょうねえ。バブルの時は日本のフェミニズムの全盛期だったんでしょう。ブラジルに一〇年、イギリスに五年ぐらいいて、フェミニストのみなさんとも仕事をしましたし、自分はフェミニストだと思っていました。帰ってきて、日本のフェミニズムも広いものだと思っていたし、さらに広がったらいいなと思って『オニバ化する女たち』を書いたら、全然違ったみたいです。いま読んでも書き直さなきゃいけないと思うところはありませんが、帰ってきた勢いと、バブルの日本を知らなかったから書けたのかもしれないと、今は思います。

よしもと　ロンドン、ブラジルにいらしたということですが、ふたつの場所の格差もすごいですよね。天候とか、文化の。

三砂　そうですね。もともと、発展途上国の医療とか保健とか、そういうことに関わりたかったから、イギリスに勉強に行きました。沖縄も本当はその勉強に行ったはずでしたが、心がけの悪い学生だったので、大学院では勉強もせずに八重山芸能の研究会にいれてもらって踊り暮らしてしまった。イギリスに行って勉強をして、ブラジルに行って、そしてそのあと、またイギリスに数年住んだ時に、イタリア人と結婚したコロンビア人の女性がいて、彼女からばななさんのことを聞きました。

よしもと　いろんな意味で遠い（笑）。

三砂　そう、すごく遠くで聞きました。一九九一年か九二年ぐらいで、二人とも医者の夫婦で、革命後のニカラグアで仕事をしていたカップルだった。そのころ、二人ともイタリアのトリエステに戻って仕事をしていて、コロンビア人の彼女のほうに「バナナ・ヨシモトを知ってるか」と聞かれました。いえ、知りません、と。「『キッチン』は、とっても素敵な小説だ、あなたは日本人なのに知らないのか」と言われて、ちょっと日本を離れてたから、と言い訳してました。日本の友人に聞いたら、ばななさんは、吉本隆明のお嬢さんだ、という。私たちは吉本隆明の名前を冷静に聞けずただ仰ぎみる最後の世代で、それから、遠くからちょっとずつ読んだり、日本に帰ってきてからまとめて読んだりして、今日に至ります。

よしもと　ありがとうございます。

三砂　八〇年代末から九〇年代は日本にいませんでしたが、ばななさんが書きはじめられたのは、ちょうどその頃ですね。

よしもと　そうですね。

三砂　最近、『もしもし下北沢』[1]を読みました。書いてある内容に直接関係はないのですが、読むと、自分のしてきたこと、自分が通りすぎてきたことを思い出します。ばななさんの小説を読んでいると、一番基礎の部分を揺さぶられる。忘れていたことをいろいろ思い出します。こんなこともあんなこともあったと、記憶がどんどん出てきます。

よしもと　私は自分のことを小説家では厳密にはないと思っているのです。まあほかにこの職業を呼ぶ名前がないから、やむなく小説家とか作家とみんなが呼んでるんだと思うし、自分もそう名乗っているんですけれども、どちらというとある種のセラピストのようなもので、実用書を書いているような感じだと思っているんです。自分はそこに特化していったほうがいいし、そうなりたかったんだなというふうに思ってます。

三砂　セラピストとして書くと、いまのような作品になるということですか。

よしもと　はい。基本的に人間はみんないっしょだと思っているんですよ。全員根は同じだと思っていて、しかしそれぞれ違う形でそれを表しながらふだん生きているといろいろなことを見過ごしたり、なかったことにしたりしている。三砂さんは『きものとからだ』

で書かれてましたけど、靴下が雨に濡れて不愉快、ストッキングを夏に履いてて気持ち悪い、だから下駄を履いて素足でいられる着物にしたと。そういう毎日の中にある感覚を今人間はどうしてもなかったことにしないと毎日生きていけない。そのなかったことが詰まっている箱みたいなところを、ちょっとずつ、ちょっとずつ空けていく。そうすると、みんながちょっとずつ楽になっていくというような作業をしていると思ってます。だから本当は一冊だけ書いて、置いといて、みんながそれを読んでくれればいいんですけど（笑）、生活があるとそうもいかず。だからどの本をどこから読んでもらっても本当はいい、そういうふうに思っています。

三砂　そういうことは最初から意識なさっていましたか。

よしもと　うん、自分は作家になりたいわけじゃないなというのはうっすらわかってました。でも、それなら、なに？　というふうに思うと、やりたいことを定義できなかったですね。

芸術的に深めるか、現実的に役に立つかという二つの選択肢が毎行毎行あるとしたら、書いていると感覚的にわかるんですけど、毎回役に立つほうを選択してきたので、結局いまのような形になったのかなと思う。

三砂　役に立つ方向を選択していくと、結果として、リーダーフレンドリーになっていく、ということでしょうか。

よしもと　そうですね。そして、その読んだ人の心の中の何かをほんの少し解放できればいいなと。温泉だと思ってくれるといいとよく言うんです。温泉って熱かったり、露天風呂なら雨が降ってきたり、のぼせたり、不快なこともある。それでも温泉に入って出てくると何かが少しリフレッシュされていいる。そういうように私の本を読んでくれたらいいといつも思っています。私の読者は自殺率が高くて、高くて、それは痛恨の思いなんです。でも自殺しようとする人が、もう一〇分だけ、一生とは言わない、一日とも言わないから、一〇分だけ、いま死ぬと思った時に読んでくれて、その一〇分を引きのばせたらいいなと心掛けてますね。その一〇分にチャンスが生まれるかもしれないでしょう。

三砂　死にたいとか、鬱だとか、具合が悪いという人に、ばななさんの本を薦めることがあります。そういうふうに薦めようと思えるのは、そういうふうに書いてらっしゃるから、ということなんですね。

よしもと　うん、そう思ってますね。芸術的に優れたものを書こうと思ったら、文学界にも男の人の作ったレールというものがあって、それには乗らないといけない。芥川賞の次はこうなって、最後はノーベル賞に行きつくというような。文学界内のおつきあいをして、賞の選考委員もやる。私はそれには乗れないんです。それは私が職業としての作家ではないからだと思います。

三砂　いや、そんなことはありません。よしもとばななは世界的な作家です。

よしもと　職業だったら、ある程度義務がありますから。賞の選考委員になるというのもその一つです。でも作家に就職したわけじゃないんだと。作家としてノーベル賞をめざすよりは、あまり本を読まない女子高生とかを救いたいなという気持ちが強かったですね。

三砂　なるほど、そういう意味で、「作家」という「職業」ではないんだ、ということですね。それはいつ頃からはっきり意識してこられたことなのでしょう。

よしもと　それはもう小さい時からです。でも、どうしてそうなのか、なんでそう生まれついたのかって、いうことに関してわからない。でも、はじめからなぜかそう思ってました。

三砂　小さい頃からなんとなくわかっていて、それをだんだん大人になって形にしていくというような感じですね。

よしもと　そうですね。あと野口晴哉《のぐちはるちか》[2]先生が、物事はなんでも潜在意識にストンと入ったらそれはもう現実になると同じだと書いていらっしゃいました。私は子どものうちに作家になるというのがストンと入っちゃったんです。子どもの時はよくわかってないので、作家として有名になって、賞を取ってみたいなイメージをもちろん持ってるんですが、実際なった時にその全体像を見て、これはそういうことじゃないなと感じました。

　みんなが私が書いたものを読んで、ちょっとでも厳しい現実を忘れてくれればいいかなと今は思います。人間には体があって、天気がよくて、体調がよければ気分がいい、そういう簡単なことを日に何回でも思い出さないといけないような環境に今私たちはいると思うので、ちょっとの間でいいから、そのいい気分を思い出してほしいと思って書いています。

三砂　それはずっと一貫していますね。

よしもと　はい、もうそこだけは一貫してるんです。だからずっと一人称だし、『もしもし下北沢』なんて、正直言って、あんな若いお嬢さんの一人称をもうやってられない

（笑）。むしろお母さんの気持ちのほうが理解できるんです。まだこれからなところもある年齢なんだけど、もう面倒だなというような。そんなお母さんの一人称で書こうかなとも思ったんですけど、下北沢という町のことを考えると、やっぱりこの若いほうにあわせていかなきゃと思って、がんばって書きました（笑）。

三砂　世界中で翻訳されていますけれど、どこでも反応が同じでしょうか。

よしもと　そうですね。イタリアへ行っていて、もしも私の読者に道で会えば、この人は私の本を読んでるというのがわかりますもん。みんな同じ感じなんです。

三砂　書いてらっしゃいましたね。ちょっとこぎれいで。

よしもと　やさしそうで、繊細そうな感じです。感受性が強くて、周りからはそこそこうまくいってるように見えるんだけど、心の中がうまくなじめてないという。そういう人が多いです。

私は私の書いてることではまったく癒されない人々がいることもよく承知してます。わかる人だけでいい、大勢には向けていない、ある程度そういう姿勢になってます。

仕事の上でパーティに行くとあまりにも多様な人々がいて、わあ、この人たちには絶対読んでもわかってもらえないわあ、みたいなのがありますもんね（笑）。その中でも通じ合える人とかいうのが何人かいて、そこの決め手はなんなのかっていうのをよく考えますね。

この間イタリアで、表向きは貿易業をやっている人たちが出資してるパーティに呼ばれました。大邸宅に私の世界とは全く違う人たちが大勢いて、あまりのライフスタイルの違いを観察して楽しんでたんです。その家の持ち主は八〇歳すぎの日本人とイタリア人のハーフで、手の指に全部指輪をしているような人なんです。そのおばあさんは私の読者ではないんですが、息子さんとは、目と目があった時に、なんかお互いちょっとわかりあえるものがあったんですよね。息子さんは喜平のネックレスをしていて、肌もすさんでいて、全身やくざという感じのファッションの人だから、見た目はぜんぜん私の読者には見えないのに。愛とか恋とかではもちろんなく、大勢いる中でその人だけ、なんか苦労を受け止めてる度合いと解釈の仕方に共通するものがあった。お互いいろいろあったよね、みたいな気持ちになった。おもしろい体験です。そういうこともあるので、勝手に決めつけちゃいけないなと思います。

三砂　ばななさんの小説にはほんとうの悪人が出てきません。

よしもと　本当に悪い人の話はほかの人が書いてくれる。人を簡単に殺しちゃうとか、そういうことに対してなんとも思わないとか、簡単に言ってしまうと、そういう悪い人はやっぱりいます。本当に悪い人って、私もけっこう現実では見ますけれども、あんまり意識がしっかりとひとつづきにつながってないですよね。本になるような意識の持ち方をしてないから、悪い人の一人称というのも私には不可能なんです。

三砂　男性ファンも多いでしょう。

よしもと　そうですね。日本では男の人はあんまり表立って、私の本を読んでいるとは言えない雰囲気があります。海外の人たちは、僕もこうだったと言ってくれるんだけど。それと日本の男の人の読者はわりとゲイの人が多いです。たぶん社会になじめないことを隠している。そういう気持ちが癒されるというふうに言われることが多いです。

三砂　『王国』[3]は一番好きな小説の一つです。『アナザー・ワールド』[4]も素敵で、ゲイの友人たちもみんな好きです。

よしもと　ああ、よかった。

三砂　『王国』と『アナザーワールド』を読みながら、子どもを持つってどうしたらいいのかなと、いろいろ考えているようです。

よしもと　男どうしのカップルってどうやってもどんなに長くいっしょにいても子どもはできないというのが本当に気の毒ですよね。とくに年齢を重ねていくと、さびしくなるみたい。甥っ子とか姪っ子しかいないという。で、なんか俺たち何やってんだろうみたいな感じがちょっとずつ、ちょっとずつ出てくる。

三砂　アジアでもたくさん読まれていますね。

よしもと　台湾と韓国は読者が多いです。たぶん私の小説は裕福というか、バブルのような状況にあって、心に隙間がある人みたいな人が一番フィットすると思うんです。それらの国はいままさにその状況にあるので。

三砂　では、中国はもうちょっとだけ先でしょうか。

よしもと　たぶん中国の人は、価値観がちょっと違うんじゃないかな。中国とフランスでは、それほど読まれませんね。あわない。なかなか読者層ははっきりしてこないですね。

三砂　海外ではイタリアで一番よく読まれているのですよね。

よしもと　イタリアとかドイツあたり、あと意外にスペイン語圏も理解してもらえるんだけど。フランスも一部の人、マンガを読む人にはものすごい熱狂的に読まれたんだけど、あまりに一部すぎて。もっと恋愛重視でないと人生おかしいと言われます。フランス人ってハッピーエンディングが嫌いなんですね。ハッピーエンディングだと物語じゃないぐらいに思ってるので、寓話的なものはあまり好まない。

三砂　ばななさんの小説の恋愛って淡白ですからね、どれも。どろどろしていない。しかも、いかなる意味でもハッピーエンディング。たとえ死んでも。

よしもと　そうなんですよ。もっと恋愛を中心にしろ、みたいなことをよく言われますね。よく知らないおやじにおまえは一人でパリに住めとまで言われましたから（笑）。そしたらもっといいものが書けると。だけど、なんでこの歳になって、あんたにつごうのいいものを書くために一人でパリに住まなきゃいけないのって（笑）。

三砂　ラテンアメリカの人は受け入れてくれそうですよね。

よしもと　あの人たちはシュールな展開をしても全然違和感を持たないので、ありがたいです。

三砂　幽霊もオッケーです。

よしもと　そうなんです。すごく楽です。

三砂　なんだかわけのわからないものが、あそこにいると同居していますからね。

【1】『もしもし下北沢』（幻冬舎文庫）。二〇一〇年の作品。お父さんが知らない女性と心中してしまって、残された私とお母さんが下北沢で新しい人生を始めようとする物語。

【2】野口晴哉（一九一一年～一九七六年）。「社団法人整体協会」創設者。著書に『風邪の効用』『整体入門』（ちくま文庫）などがある。

【3】『王国　その1　アンドロメダ・ハイツ』『王国　その2　痛み、失われたものの影、そして魔法』『王国　その3　ひみつの花園』のシリーズ（新潮文庫）、二〇〇二年から二〇〇五年にわたって書き継がれた。薬草のお茶で身体の悪い人を癒してきた祖母とともに暮らしたきた雫石の物語。山での生活を捨て、都会生活をはじめる。そこで出会った占い師・楓と遠距離恋愛の恋人との行く末。

【4】『王国　その4　アナザー・ワールド』（新潮文庫）雫石の子ども・ノニの物語。ノニはパパの予言どおりの人キノと、ミコノス島で出会う。

1

女子と野性

からだにいいこと

三砂　私は母子保健の研究者です。ブラジルでも日本に帰っても、女性や赤ちゃんについての研究をやっていました。一九五八年生まれですが、二〇歳前後のころから、なぜかお産フリークで、ミッシェル・オダンの水中出産[1]、東京の三森助産院[2]のことなどが新聞に出ていると、夢中で読んでいました。

よしもと　とにかく自分で産んでみようというふうにはならなかったんですか。

三砂　そうなってもよかったのにならなかった。私たちの世代は母親から「まず仕事ができるようになれ、自立しなさい」と言われて育ってきていますから、いつかは産みたいと思っていたという程度です。ただ、出産はただごとではない、何か私の知らないすばらしい経験があるようだ、と思っていました。最初の刷り込みが、三森助産院の新聞記事ですから、日本の助産婦さんにとても憧れていたの。だから三〇歳を越えて自分が出産する時も、ブラジルで助産婦さんを探しました。でもブラジルには助産婦がいなかった。これはたいへんだと思ったことが、一九九六年から五年間、助産婦のいないブラジルに助産婦を作るという、日本からの国際協力の仕事をやることにつながっていきました。

その仕事を通して日本の助産院のお産の記録を読んだり、いくつかのお産に立ち会わせてもらったり、話を聞いたりすると、本当に女性の出産の経験というのは、非常に突出した体験であることがわかる。

自分が一人で存在するものではなくて、自分がどこか違う世界とつながっている、そんなふうに感じた経験を自然なお産をした人は口にする。お産は、ずーっと痛いわけじゃなくて、陣痛があって、間歇期があって、また陣痛があって、交互に繰り返しますが、その間歇期に、ぐーっと引き込まれるように眠たくなる。それがとても気持ちいい。そんなふうにしているとなんだか宇宙の塵になったような気がする、自分が大きい力で動かされてるような気がする、このままそっちに行っちゃったほうがいいような気がするとか、とにかく自分が自分だけの力で動いてるんじゃないというようなことを経験している。そういうお産経験者は、子どもが出て来る時も気持ちいいし、生まれたすぐ後も、あ、またもう一人産みたいって言う。もっとも私自身はそういうお産はしてないんですけどね（笑）。

よしもと　私もしてないです。むちゃくちゃでした。見よう見まねでしたよ。

三砂　一人目の子どもはブラジルで帝王切開で産んで、二人目の子どもはイギリスで吸引分娩で産みました。今思うと、妊娠生活もいいかげんで、けっこうひどいお産だった。子どもたちには「ごめんなさい」というしかない。いわゆる日本でいう、自然のお産というのは自分では経験してないんです。

　でも出産に関する仕事を通じて、女性の体の体験について、いろいろ考えるようになった。聞き取り調査をしているときに、昔の人は月経も垂れ流しではなくて、ある程度トイレで出す、というような月経血コントロールができていたこともわかってきた。

よしもと　うちの姉は昔から月経血を止めることができる女なんですよ。温泉に入る間止めとけばいいという発言をときどきするので、なにそれ？　と思って、よく聞いてみたら、彼女は月経血を止めていた。

三砂　お姉さんはすごい人だろうと、断片的な情報と作品から思ってましたが、やっぱりそうなんですね。

月経血コントロールと私が勝手に呼びましたが、昔の人はきっと名前を付けるほどのこともなく、みんなできていたはずのことです。二〇〇〇年代のはじめ頃に九〇代の人の話を聞いていたのですが、うまく聞き出せるまでに何カ月もかかりました。あまりにあたりまえのことだったので、私が何を聞いているのか、が最初は理解してもらえない。「どこで出してたんですか」と聞いたら逆に「お便所で出さないでどこで出すの」と言われて。今は自分で出すんじゃなくて、ちゃんとあて物をして漏れないようにしていて、トイレではあてものを取り替えるだけだ、と言ったら、「そんなことしたら体に悪い」っておっしゃる。「ちゃんとお腹に力を入れて、きちんと出さないと悪いものが出ない」と、どんどん核心の話が出てくるんです。

よしもと ああ、昔は当然のことだったんですね。

三砂 そう。そうやって、言葉にしてみると、若い人でも「えっ、それってみんなやっていることではないの?」っていう人が何人かいたんです。

よしもと そうなんです。話さないからわからないだけで、できる人はできるということがわかりました。

三砂　お姉さんはすばらしい。いろいろ聞くと、月経血コントロールができる人は体がよく整っている。

よしもと　そうですよね。私にはちっともできない。だらっとたれ流し（笑）。

三砂　私もそんな完璧にはできていなかった。もう終わってますが。

よしもと　それまでになんとか会得しようと思うんですが。

三砂　自分の閉経前に月経血コントロールの研究をすることができてよかったなと思いました。研究しても、ないと自分では実験できないので。コントロールはぴたっとできるものじゃなくて、トイレに行った時になるべく出しておけばいいというもの。出しておけば、しばらく出ないので、それでいい。それくらいのものなんです。時々ちょっと、汚れちゃってもかまわない、くらいの感じです。

よしもと　気楽に取り組めばいいんですね。

三砂　そう。若い人たちは、ぴたっと止まると思ってるみたいで、いや、そんなことはないんです、って説明します。生理の時に座った状態から、立ち上がる時どっと出る感じがあるけど、昔の人はそれを立ち上がる時だけでなく、日常的に体感できていた。だから、出そうだ、と思ったら、ちゃんと出すために、トイレに行っていただけなんです。それがわかるようになったらいい。

よしもと　へえ、学びたいわ。確かに、忍者のようにぴしっと止めるイメージでした！

三砂　トイレで出すように意識するようになると、だらだら出なくなる。不思議だけれど昼意識できると、夜はナプキンがいらなくなる。知り合いの学生で、いま、何も使っていない人がいます。ティッシュペーパーか、トイレットペーパーで、ちょっと入口に当てておいたら、それだけでとくに汚さないんですって。あんなにたくさんナプキンを買わなきゃいけなかったのがウソみたい、と言っています。お姉さんもそうだったんですよね、きっと。

よしもと　姉にどういうふうにしてそれを会得したのって、インタビューしてみたら、自分が女であることが信じられなかった、いやだったから、絶対認めまいと思っていたらできるようになったと（笑）。聞いてもなんの役にも立たない（笑）。

三砂　出さないでおこうと思ったらできるというのがパフォーマンスの高さです。

よしもと　やっぱり体はよくできてるということですよね。

三砂　そういうふうな目で昔の本を読みなおして見ると、たとえば聖書に出てくる血の流れた女というのは、そうか体調が悪かったんだろう、と思える。風邪引いたり、具合が悪かったりすると、うまく月経血がコントロールできない。体に意識がいってないとできない、整ってないとできない、ということなんだろうと思うんです。

よしもと　考えてしまうとむずかしそう。

三砂　でもトイレに行って出すだけで、早く終わるんですよ。少なくとも使いすてのナプキンはいらなくなる。布ナプキンを折り返してあてればいい、くらいになります。

よしもと　最近読んだ『元気回復　足もみ力』[3]という本で、膝の内側の出たところをもみもみするとどっと出るから、そうするとあんまり汚さない、トイレでどっと出せると書いてありました。出せない人がいたら、とにかくここをもむと驚くほど出てくるそうです。

三砂　和式のほうがよく出せるってみんな言います。和式だと膝の内側に触るし、姿勢としても。

よしもと　たぶん、ちょうどいいんでしょうね。だからできない人はそうやるといいと書いてあった。その本の一番珍しかったところは、乳がんの足とか、子宮がんの足とか、前立腺がんの足とか書いてあって、足でその人の状態がわかるんだそうです。で、見てみたら確かに私の足は腰痛とか甲状腺とかの悪いところが目立つんですよ。足ってすごいなと思って読んでたんです。やってみたらけっこう有効でした。足の裏の相や色がすぐ変わるので、面白かった。

三砂　体にはまだまだわからないことがいっぱいあるよね。月経血コントロールもお股に何かつけてるからできなくなってしまったのか。着物だと西洋下着ははいてないので、お股フリーの状態なのでできていたのかもしれません。股に一枚あるとできない。

よしもと　何かつけていると、無意識にだいじょうぶな気がしちゃうんですかね。

三砂　おむつなし育児というのも研究しているんですが、赤ちゃんもおむつの外で排泄させてあげるとおむつなしでいることができる。横浜の保育園でおむつなし育児を展開しているところに見学にいきました。ゼロ歳児もおむつをつけていない。中国でよくつかわれている「股割れパンツ」という、ズボンやパンツの真ん中がわれているものを保育士さんが作っていて、園に来ると、みんなバリバリッて紙おむつを脱がせて、その股割れパンツを適当にはかせるんですよ。適当だから、男の子が花柄はいていたりする。チンチンとか丸出しで、床に転がっている。私が一番すごいなと思ったのは、保育士さんたちが排泄物に全然動じていないこと。おしっこされたらどうしようと思っていない。保育士さんは赤ちゃんをひょいっと脇に抱えて、お股をぺったりつけているんだけど、誰もここでおしっこされたらどうしようと考えていない。気づいたら、おまるにおしっこしてもらって、もし失敗しても、さっと拭くだけ。お昼寝もすっぽんぽんのままで寝かせるんですよ。ここの園では、おねしょはこの世に存在しないがごとく。

実習に来た学生さんが、ここではおもらしが全然タブーじゃないんですねと、びっくりしていたらしい。おもらししたら、拭いて雑巾を洗うだけ。そうやってなんにもつけてない状態だと、ゼロ歳児はかえっておもらしはしないそうです。お昼寝でふとんに寝かされてるけど、おしっこしないの。それがパンツ一枚はかせて、股に何かあると、おもらしをするんだって。私の知り合いで、おむつなしで、子どもを育てている人も同じように言いますね。一歳児もゼロ歳児も、立てるようになった子も、お股に一枚あると、おまるでできなくなって、もらしちゃう。この一枚はなんだろう。

よしもと　不思議。人って本当に不思議。体ってすごい。

三砂　女の人も、いっぱいつけていると、わからなくなってしまうんです、きっと。

よしもと　最近のナプキンはパンツ型のはくやつさえありますもんね。ここまで来ると逆にすごいなと思ったんですけど（笑）。

三砂　子どものおむつも、小学校二年生ぐらいの平均体重のものまであるんですよ。いまは無理しておむつを外さないんですね。

よしもと　たしかにうちも相当長い間してましたね。

三砂　でしょう。

よしもと　何も考えずにほっといたら、すごく長い間してましたよ。

三砂　何も考えないでほっとくと、取る機会ってないですよね。

よしもと　ないですね。彼はパンツだと思って、それをはいてトイレに行って、普通にトイレをして、またパンツだと思って歩いてたんだけど、もうここまでいったらいいかみたいな感じになるまでずいぶん長い間してましたよ（笑）。ある日、急に全員が気づきました。

三砂　アメリカだと、五、六歳になってもまだおむつをしていて、七、八歳で夜友だちのところにお泊まりに行く時は、寝る時だけはくのがめずらしくないようです。生理用ナプキンと全然切れ目がなくて、これでいいのかしら、と、アメリカから帰ってきた人が言っていました。

私も自分が子どもを育てた時は、おむつについて考えていませんでした。熱帯ブラジルで育てたから、半分はだかで適当に育ってしまったし。でも考えてみると世界の三分の二ぐらいの人はだいたいおむつなしで子育てをしているんです。子どもがおしっこしたい時にささげてやっている。汚れるとか、困ったとか言っているのは、紙おむつが普及するようになった国だけです。粉ミルクがそうだったように、先進国に続いては、紙おむつも発展途上国に進出中ですが。

よしもと　企業の論理が……。

三砂　先進国で売れなくなったら東南アジアやアフリカに持っていくという、そんな感じ。

よしもと　人間の体にとって何がいいかという観点から見た世界が、いまだによく見えてきませんよね。

三砂　基本的には楽しければ、なんでもいいんだろうと思うんです。ただ、私は人間が生まれて、生きて、死んでというのにはやっぱりなんらかの方向があるんだろうと思っているんですね。

【1】英隆、コリーヌ・ブレ共著『水中出産』集英社、一九八三年
【2】藤田真一『お産革命』朝日新聞社、一九七九年
【3】近澤愛沙『元気回復　足もみ力』ワニブックス、二〇一二年

楽しいお産

三砂　お子さんがお生まれになったのはいつですか。

よしもと　二〇〇三年です。三砂さんと共通の知人であるインファントマッサージの関美奈子[1]さんの妹さんに取り上げていただきました。関さんはずっと看護師さんをしてらして、妹さんは助産婦さんなんですよ。

私の姉が漫画家で、美奈子さんの妹さんの友だちだったんです。私がたまたま行った病院に美奈子さんの妹さんがいて、よかったら、私担当しましょうか、お姉さんの友だちだからということでご縁がつながったんです。

三砂　美奈子さんは本当にすてきな人。私も仕事を手伝ってもらっていたのです。前にも言いましたが、私はいわゆる自然なお産はできていない。仕事しすぎてたし、目を使いすぎてたし、自分の体も整ってなかったなあと思います。ひとりめは逆子だったのでブラジルで帝王切開で産みました。ブラジルは、帝王切開大国なので逆子でなくてもすぐ帝王切開になりますが。

よしもと　ほとんどみんな帝王切開なんですか。

三砂　ブラジルもアルゼンチンもチリも、中南米はだいたいそうだと思う。お金のある人は公的な医療機関に行かないで、プライベートの医療機関に行くんですけど、プライベートの医療機関に行ったら九七、八％ぐらい帝王切開です。もともと帝王切開は自然分娩よりも、お金がたくさん取れるシステムになっていた。それは大きな一つのイニシアチブだったと思う。いまはもうシステム自体は変わったようですけれど。

よしもと　あと病院の側の好きな時に切れるし。

三砂　そうそう。

よしもと　夜中とかじゃなくて（笑）。

三砂　だいたいお産って夜中の三時とか、明け方四時ごろになりやすいし、土日も関係ありません。夜中じゅうお産についていて、明け方生まれるというのがパターンとして多い。でも予定帝王切開なら、いつでもできる。それに、ブラジルの人たちは痛いの嫌いだし、そんな苦しまなくても、ちょっと切ってもらったら産める、そんな雰囲気になっちゃった。それと、あとエステティックな理由とも言われてた。下から産んだら後にセックスに支障が出るとか、まことしやかなウソが蔓延して。

よしもと　お腹の傷はいいわけですかね。

三砂　ブラジルの中産階級の人の間で赤ちゃんを産むんだったら帝王切開のほうがいいよねっていう雰囲気ができあがっていたんですよ。ブラジルでは、二人か三人帝王切開で産んで、最後に避妊手術もするの。卵管結紮《けっさつ》。卵管を縛るんですが、お腹開けてるとすぐできるから。

よしもと　こわい（笑）。もうチャックになる時も近そうですね。二人目を産むならチャックを付けときましょう（笑）。

三砂　卵管結紮は避妊法として人気があったんです。

よしもと　人間ってすごい、そんなすごいことに耐えられちゃうなんて。

三砂　中産階級のお金持ちが帝王切開がいい、と思ってると、貧しい人はそれに憧れるようになる。

よしもと　上からブームが徐々に下りてきますよね。

三砂　だからお金がない人は、私もちょっとお金があれば、こんなにウンウン言って子どもを産まなくても切ってもらえるんだわ、という感じになっていった。私のいた一九九〇年代のブラジルでは、地方の選挙に医者が出たら、俺に入れてくれたら卵管結紮をやってやるぜ、みたいな、そんなふうでした。みんなやってもらいたがったの。

よしもと　へえ。それって寿命とかその後の健康状態にどれぐらい関係したんでしょうね。

三砂　まだわからないと思う。私は母子保健の疫学、というのが専門ですが、疫学というのは、こういう医療介入をやったらそののちどう影響があるかというのを研究する学問でもあります。でも長期的影響なんて、多くの医療介入については、そもそも調べない。調べられない。そんなに長期間追わない。薬でも副作用があるかないかというのは、そのすぐ後にあるかないかだけ見ているんで、その人が三〇年後にどうなっているかは、誰も気にしていない。そんなこと調査できないし、調査してから新薬の許可を出すのなら、次の世紀になってしまうからだれもやりません。ブラジルでも、帝王切開をやって、さしあたり、とくに問題ないと思ってるからやっていた。長期的影響なんてだれもわかりません。

でも、さしあたりのこととしても、手術なんだから麻酔の影響で死ぬ可能性もあるし、手術自体もリスクがあるし、赤ちゃんがちっちゃいまま生まれる可能性もある。だから短期的にも問題がないとは言えない。

よしもと　開けてみたら小さかったから、また閉めておこうというわけにもいきませんもんね。

三砂　さしあたり、よくないこともいっぱいあるんだけど、でも、いちおう帝王切開で産んだからと言って、本人の健康とか、子どもの健康に関係があるという悪いデータなんかはない、ということになっている。その直後に何か困ったことがあるか、ということしか見てないから。

健康被害についてだけでなく、お母さんにとって産む経験はすごくインパクトがあるし、赤ちゃんも大きな経験をしている。そこも考えたほうがいいと思う。実は私たちが想像してるより、赤ちゃんの経験はその後に影響していると思う。子宮が収縮している感覚を赤ちゃんがおなかの中でぎゅーっと味わって、つぎは、細いところをがんばって工夫して外に出てくるという経験をしてるか、してないか、全然違うと思う。ブラジルのお金持ちはみんなそういう経験をしないで生まれるから、その影響はもちろんないわけないと思うんだけど、でもラテンアメリカって、生まれてからすごくスキンシップが濃厚な社会なんで、触れることも、抱きしめることも、においをかぐこともとても密な中で子どもが育つので、まあべつに妊娠とか、出産とか、そういうものの影響があったとしても、相殺されるかもしれない。生まれてからいい感じで育てちゃってるから。

よしもと　後でリカバーしていく力がありそうですもんね。

三砂　そうですね。でも、自然な出産をした時の女の人の経験は、宗教でいえば修行をしてやっと得られるような境地を出産の時に一瞬でばっと受け取るような体験だと思うんです。あっちの世界とこっちの世界と、自分の体でいっしょになったような状態になって産んで、いい経験だったというのはどーんと体に残って、それってやっぱりすごいことだなと思う。そういう経験を人間から切り離していったのがいまの時代だから。

お産にはまだそういうところが残ってるんだというのが、私には大きな発見だった。そういう経験をすると、お母さんたちは「私はこんなにいいお産の経験をしたから、こういう経験をもっと日本の全部の女性がしてほしい」とか「助産婦さんがいなくならないように学生を受け入れてあげてください」とか、「私の子どもが育つこの世界をよくしたい」とか、突然そういう大風呂敷をひろげたようなことを言ったり書いたりするようになる。

よしもと　ごく自然に、その気持ちになるんですね。

三砂　社会性みたいなものが自然に出てくる。人間ってこういうものだったから、子どもが産めたんだなと思うんです。

よしもと　いいことがないとね。何かたまらなくおもしろいことがないと、あのたいへんなことはできないですね。

三砂　人間はそういう経験すると、それに支えられるんですね。自分って一人じゃなくて、一人の時でもどっかとつながってるんだな、とか、いい経験をしたなと思うといつもそこに帰っていくことができる。月経も、子どもを育てることもおっぱいも、どれも全部同じで、人間が生きていく方向みたいなものにそったことをしていると、やっぱり楽しいことがある。自分が一人じゃないというような感覚みたいなものが体得できるんだな、と思ったので、月経血コントロールとか、出産のこととか、おむつなし育児のことを、やってる。厳密な学問的な研究ではないかもしれないけれど、まあいいや、と思っているんです。

よしもと　一般の人が読んで、あ、これでいいんだと思えたら一番いいですよね。そのように体が整うまでのつみかさねを含めて、自分の体を開発していけると楽しいですよね。

【1】関美奈子さんの著書には『赤ちゃんを小さな人と感じたら……――赤ちゃんマッサージの先生が贈る小さな子どもとの愛が広がるメッセージ』（二〇〇八年、主婦の友社）がある。

出産とおっぱい

三砂　日本の助産院はいいよ、世界遺産にしたいくらいだよ、って私が言ってるから、知り合いでお産する人はよく助産院にいく。でも、助産院に行くと生活改善道場のようなものだから、いろいろ言われるわけです。ご飯はこういうのを食べろとか、一日三時間歩けとか、夜は八時に寝ろとか、そういうことを言われる。でも、それができない人はお金で解決するしかないと裏では言ってます。働いてると、きちんとできないから、料理は誰かにお金を払って作ってもらう。歩ける環境もお金払って作る。結局お金で解決する。

よしもと　そうなっちゃいますよね。私は比較的時間は自由でしたけれども、状況を楽しむことができなかった。なんでこんなに忙しいんだろう、子どもを産んだけどなあ、とよく考えました。

いまの日本の環境の中で女の人は肉体的に健康を保って、赤ちゃんを産むというのはほとんど不可能なんじゃないかな。いろいろオキテ破りなことをすればなんとかなるみたいな感じですよね、お金か、場所か、時間か。

三砂　自分のこと考えると妊娠生活って本当に無茶苦茶でした。二人目を産む時は、ロンドンの大学に勤めてたんですけど、赤ちゃん予定日いつ？　と聞かれて、明日と言った覚えがあるので、ぎりぎりまで働いてた。だから難産だった。当たり前だったよな、ごめんなさい、今にして思います。ばななさんは、妊娠中もたくさん書いてらっしゃいますね。

よしもと　書くことは好きでやってることで、なんてことないんですけど。

三砂　予定していた妊娠だったんですか。

よしもと　いいえ、全然、本当に何も考えてなかったですね。

三砂　そうじゃないと産めないですもんね。

よしもと　大型犬飼ってましたしね。赤ちゃん来たらどうするの？とか深く考えてたら何もできないです。心配になっちゃって。

三砂　自分がまたやり直せるんだったら、全然違う妊娠、出産、子育てをやってみたい。でもその頃は何も気づいてなかった。

よしもと　私も今となっては、もっとのんびりすりゃよかったと思います。試みたのにできませんでした。東京にいてのんびり暮らすこと自体がもう無理だという素直な判断に達しましたね。この環境の中にいるんだから、その中を泳ぐしかない、その中で隙間を見つけるしかない。またみんなのんびりしろというと、本当にのんびりしなきゃいけないとそれを義務と思っちゃいますからね（笑）。

三砂　今も犬や猫は飼っていらっしゃいますね。

よしもと　たくさんいます。二匹ずつですけど、それ以上飼ったら追い出すって大家さんに怒られて（笑）。私は言われませんでしたが、犬とか猫は自分が子どもを産むなら捨てなさいって病院で言われるというのをよく聞きます。

アレルギーやトキソプラズマに子どもがなるのが心配だからだそうです。本気で言ってるんですかって、私だったら言っちゃうんですけど。

「どうしたらいいでしょう」って、読者から悩みのメールが来ることがあります。日本人って真面目ですね。まだ捨ててないと言うと、きっと怒られるし、何かあったらどうしようと悩むらしいです。なんでこんなことになっちゃったんだろうと思いました。でも、きっとこれは管理する側に都合がいいような人間をみんなが育てようとしたからだと思う。だから無頓着な発言を次々してうまく抜けながら生きていくしかできることがないなと思うことがあります（笑）。

出産の時に、のんびりとしろと言われてもできないいってことは理解したので、悔やむのはやめようとは思ってるんですけど、それにしてもちょっとやりすぎたかな。

出産後、思ったより早く仕事ができたんで自分でもびっくりしました。私は、恥骨が離開して、三カ月ぐらいは歩けないいって言われたので、その間休もうかなと思ったんだけど、つい暇だからメールとか見ちゃって、つい働いちゃって（笑）。ああ、やっぱり働いちゃうもんだわと思って。

三砂　働けちゃうんですね、働こうと思うと。

よしもと　うん。ただ、妊娠中は、ちょっとでもよくない感じになると、お腹がカーンと張るじゃないですか、石みたいに。それで、あ、これはいけないと思って、休んでいました。そういうのって、妊娠してなくても本当は体にあるはずの機能だから、大事にしようと思うようにはなりましたね。まだまだいけると思っちゃだめなんだと。問答無用というように休んだほうがいいというのは体で学びました。

三砂　目を使いすぎたりとか、ずっと立ってたりすると、やっぱりお腹は張る。いいお産をする妊婦さんってお腹がふにゃふにゃでとても柔らかいんです。

よしもと　もうカチンコチンでしたよ、私（笑）。コーンみたいな。

三砂　私も次男産む時とか、途中ですごく張って、張って。ああいうのはよくない。

よしもと　この職業だと無理ですよ。目を使いっぱなしです。

三砂　うちの母がよく言ってました。出産したら三週間は絶対に文字を見ちゃいけないと。

よしもと　もうさっそくたまっていた『ビッグコミックスピリッツ』を読んでたな、その日の晩に（笑）。

三砂　妊娠してる時と似たようなことは普段の生活からあるので、本当はちゃんと子宮は反応してるはずです。

よしもと　してます、してます。私は体に関してはほんとに無頓着なんですけど、最終的に何が勝ったかというと、やっぱり本能です。産後に病院にいた時に、暇だからミカンを八個も食べて、すごく怒られました。いまの若いお嬢さんは、たぶん、そうですねって素直に聞いちゃうんだけれども、私は聞かなかった。でも、結果的によかったような気がします。

三砂　体がミカンを欲していた。

よしもと　どうしてもって欲してたんですよね、きっと。

あとは桶谷式の乳房マッサージ[1]に行ってましたが、あそこはとくに食事に関して厳格でした。その良し悪しを問うのはともかくとして、技が超絶技巧なんですよ。そして肉を食べると、母乳の質が違うってすぐわかっちゃう。道を歩いてる女の人を見ても、あの人、いま粉ミルクやってるってわかると言っていました。とにかく玄米じゃなきゃだめ、お正月にお餅食べたら絶対だめって、食べたらお乳でわかるんだからねって言われるんです。

そこでは、お母さんたちが順番を待って並んで、つぎつぎとマッサージをしてもらうんです。お母さんたちは搾乳を待つ牛みたいなんです。ある日、五人くらい待っている中で、自分がマッサージを受けていました。先生から「よしもとさん、今週はよくないもの食べたんじゃないの」と聞かれて、「はい。角煮を食べました！」って言ったら、並んでいるお母さんの喉が、ゴクンって鳴ったの（笑）。私がいま食べられちゃうんじゃないかぐらいの勢いで、お母さんのいいなあが一斉に私に向かってきた。「あなたみたいに堂々と言う人は初めてよ」って、先生も笑ってて。でも、私の角煮でみんなが本能的になった瞬間を見ることができた。お母さんになりたての人たちが母乳をあげてて、私たちきちっとやんなきゃみたいな雰囲気の中で。

三砂　角煮ね。

よしもと　ほんとみんな本能的にゴクッとなって、おもしろいなと思いました。あの時、どうしても角煮を必要としたんですよ、私の肉体は。

あと、自分のまわりでは、ベジタリアンになる、ならないとか、論争になってるんです。一つには不況だから。でもよい野菜は高価です。べつにそれを好んで購入することにはなんの疑問もいだいていません。ただ、お金がないということの一つの対策として選んだはずなんだから、そんな高いの買わされないで、もっといろいろ自分で動いたらっていうふうにアドバイスはしています。自分自身のことでいうと、作家というのはやっぱり取りに行く仕事だから、いま玄米菜食になってはだめなんだという結論に達したんです。

三砂　枯れちゃうよね。

よしもと　何かが枯れちゃう。坂本龍一さんが対談した時同じことをおっしゃっていて、一時期マクロビオテックを三年続けたんだけれども、なんかある時ふと、今ここで俺は腹が減ってて目の前にネズミが通ったら、ガッとネズミを獲って食べるということができない。そういう体になっていると思って、こわくなってやめたとおっしゃっていました。それとちょっと似たような気持ちです。本能を発動する環境に自分を置くことがメンテナンスだなと思っています。

三砂　いや、それ本当におっしゃる通りだと思います。本能って勝手に出てこない。環境が設定されないと出てこない。今のお母さんたちって、本能が出ないように、出ないように設定している。生命力が出てこないようにしてますね。

よしもと　たぶん出しちゃうと社会にとって都合が悪いからですよね。本当に本能的な人がいたら、言うこときかないから会社にならないですもんね。

三砂　そう。赤ちゃんを産んですぐの時に、本能的になっていたら、沐浴させるためにとか、新生児室に連れて行くとかいう理由で、子どもを連れて行かれるのは、いやなはずなんです。犬とか猫と同じで。でも、赤ちゃんを連れて行かれる、といって、ガオーと言ったり、かみつく人はいない。みんなおとなしく、お願いしますって言う。やっぱり飼い馴らされちゃっているっていうことですね。助産院などで自然なお産をした人は、もう絶対離すまいと思うみたいですよ。そういう感情を一回持つのってすごく大事だと思うんですね。おっぱいをあげるのも、そういうきっかけにはなる。

よしもと　そうですね。自分が赤ちゃんの食物のもとというのは楽でしたね。いちいち哺乳瓶を消毒するのは……。

三砂　私も絶対無理。

よしもと　絶対無理と思って（笑）。一回夜中に起きてお湯で消毒したりできない。

三砂　私も二人とも母乳で育てましたが、母乳ほど怠けてて、楽なことはなかった。

よしもと　でも、桶谷式に通って私は相当怒られましたよ。夜中の授乳の時に、一つの側が終わったら、変な格好になって寝てますと言ったら、すごく叱られました。赤ちゃんにお乳をやる時は、ちゃんと座ってしてくださいと。でも、その日の夜も、いつのまにかお乳をあげながら、そのまま寝てました（笑）。

三砂　いろんな格好で授乳するのは楽しいよね。四つんばいで下から吸わせて、おおっ、動物の頃の記憶みたいと思ったり、いろんなことをやった覚えが……。

よしもと　その場その場の現場の感覚でやっているんです。産んだ次の日には弁当を食べながら、乳をやってた（笑）。いくらなんでもって、やっぱり怒られました。にしてもいま考えても、桶谷式はすごかった。お乳を見ただけで、「あなた、餅を食べて、今日ここに来るからって、慌てて野菜を食べたでしょう」って言われて、すごいなあ、もう超能力だなって思いました（笑）。昔の人の知恵はすごすぎる。

三砂　あれ、バレるんですよね。

よしもと　バレる（笑）。

三砂　おっぱいの感じでわかるらしい。

よしもと　生クリーム食べたでしょうとか。

三砂　匂いがするとか、どろっとしてるとかで、わかるみたいですよ。

よしもと　一日牛のように何人も揉んでたら、わかるようになる気がします。

三砂　さらっとして、ちょっと青白っぽい透明なおっぱいがいいんですよね。

よしもと　そう、米の汁みたいなね。

三砂　脂ものとかを食べると、どろっとする。
よしもと　脂が浮いてるような感じになればすぐわかるって言われました。でも赤ちゃんは時々はいろんな味が知りたいと思ってるかもしれない。
三砂　そうだよね。赤ちゃんは母乳で育つと、いろんな味覚を経験するわけですね。お母さんが食べたものがおっぱいに出るということだから、ミルクで育つといつも同じ味だから味覚を通じた経験も単調になりがちです。
よしもと　お母さんの体調がよければ、自分もいい思いができるというのがわかれば、赤ちゃんもまた対応が変わってくるような（笑）。
三砂　実は赤ちゃんよくわかってるからね。
よしもと　お母さんの調子はこうだなというのは、すっごくよくわかってますよね。
三砂　よく若いお母さんで赤ちゃんがいると仕事ができない、キャリアが止まってしまうという人がいますが、本当にそう思っていたとしたら、子どもには確実に伝わります。自分は、お母さんの邪魔してるな、いないほうがいいんだな、という感じで。
よしもと　わかります。うちの子どもは執着がないタイプで、おなかにいる時も、忙しいなら産まれるのやめて出ていこうかというような感じなんだろうな、と思ったら、やっぱりいまでもそういう態度ですね。おなかにいる時から、マイペースなんだろうなっていうことだけは伝わってきてわかりました。

三砂　性格って変わらないですよね。

よしもと　変えられるのは外側の問題だけ、食べ物とか、何を着るかとか。

三砂　私も二人の息子を同じように育てたつもりだけど、性格的にもやっていることも、両極端に振りきれてるので、やっぱり自分の性格が悪いのは親のせいだけじゃないって、よくわかりましたね。生まれ持ってるんだと思います。

よしもと　そうですよね。それだけはもう誰にも変えられないものだと思います。

三砂　一人目の子どもを産んだのがブラジルだったので、桶谷式みたいな個別なマッサージとか支援は経験しませんでした。でも、ブラジルは母乳推進はすごいんですよ。

よしもと　帝王切開で産むのに、なぜか母乳。わからない。粉ミルクの会社がまだ入ってきてないのかな。

三砂　アフリカ、ラテンアメリカには、ネスレなどの粉ミルク会社が六〇年代、七〇年代ぐらいにダーッと入ったんですよ。ヨーロッパが少子化になった時に重なります。粉ミルクが入った地域では、たくさんの子どもが影響を受けた。哺乳瓶でミルクを作るというのは、それなりの知識があるからできるんです。五杯すりきりで入れてやるのも、二杯すりきりで入れるのも、色は同じように見える。粉ミルクは高いから、二杯でいいや、というふうにやると、子どもは薄いミルクをのまされてしまう。

よしもと　たいへん。腹ペコになっちゃう。

三砂　きれいな水が手に入らないし、消毒もできない。電子レンジなどもちろんない。アフリカでは粉ミルクが入っていってたくさん子どもが下痢症で亡くなった。それでWHOとユニセフが母乳に関するコードというのを出して、母乳保育を推進したんです。粉ミルクは宣伝しちゃいけません、病院で配ってもいけないと。病院に乳業会社の人が白衣を着て、入ってもいけない。そういう厳しいコードを作ったんです。いまそれを批准してない先進国は日本とアメリカくらいですよ。

よしもと　粉ミルクの会社、病院に回って来ますよね。

三砂　来るでしょう。病院で白衣をきて調乳指導されるとお母さんたちは、いいものだと思ってしまいますよね。哺乳瓶って、ちゅっと吸うと出るし、粉ミルクのほうが母乳より甘い。だから一回哺乳瓶で吸わせると、もう母乳を吸う努力をしないんですよ。赤ん坊も賢いから。母乳だとがんばらないといけない。

よしもと　お互い苦労しますもんね。

三砂　粉ミルクをやると子どもがそっちしか飲まなくなるから、母乳でいけるはずだった人もいけなくなっちゃう。ブラジルもかなり粉ミルクに席巻されてました。ブラジルの田舎では男が女の人に子どもを産ませてどこか行っちゃうということはよくあった。だけど、自分が父親だという証として、女の人に粉ミルクを運んだりしていた。女性にとっては、粉ミルクを運んでくるのが父親の証だから、父親を失いたくないなら、粉ミルクで育てなければ、というところがあったらしい。でも、ブラジルの小児科学会はがんばって、粉ミルクを駆逐したんです。だから今ブラジルでは、スーパーマーケットでは粉ミルクは買えない。薬局の一番奥の棚のほうにひっそりあるだけです。

よしもと　へえ、すごいですね。

三砂　大病院の未熟児病棟でも、看護師さんがコップでミルクをあげてるんですよ。ゴムの乳首を吸わせると、お母さんのおっぱい吸わなくなるからって、本当に徹底してるんです。感心しますよ。

よしもと ある意味すばらしいですね。

三砂 未熟児のお母さんのもらい乳のために、ミルクバンクもありました。いっぱい出る人には絞ってもらって、冷凍して、消毒して、それを配る。私も一人目の時はいっぱい出たので、一日二〇〇ミリぐらい絞って冷凍して、それを一週間に一回看護師さんが取りに来るというシステムがあって、一週間に一リットル以上別の赤ちゃんにあげていました。お産のところがめちゃくちゃなのに母乳育児推進があまりに熱心で、コントラストがすごいので、衝撃があったんですけど。

よしもと でも、そこの回路をつなげないところが、なんとなくラテンな感じですね。

三砂 でしょう。適当なんですよ。私たちは人間的な出産を進めるプロジェクトをやったんだけど、こんなに熱くて、楽しくて、子どものおっぱいにも一生懸命になる人たちが、セクシャルなことが大好きな人たちが、なぜお産に対しては無批判なんだろうと思ってました。

よしもと　お医者さんの問題でしょうか。

三砂　最初のきっかけはね。でも、痛いの嫌いだしな、あの人たち。

私はブラジルでは、一人目の子どもだったし、桶谷式もないし、よくわからなかったんですけど、とにかくおっぱいあげてりゃいいんだなと思ってあげていたら、なんとなくそれでうまくいったんですよ。

ところで、一人目は逆子でした。逆子って夜更かしするとなるんだってね。

よしもと　間違いないですね。私も途中まで逆子でした。助産婦さんが説得したら最後は戻ったの（笑）。

三砂　甘いもの、ご飯も、肉もたくさん食べていました。

よしもと　ねえ、ブラジルは肉が野菜ですからね。

三砂　砂糖の産地ですしね。桶谷式的にはいいおっぱいじゃなかったと思うんですけど、おっぱいはすごく楽しかった。お産がうまくいかなくても、おっぱいでうまくいくといいよね、とまわりには言うんです。おっぱいに関しては本能を発動できていたと思う。

よしもと　本能は発動する環境にしていないと、なくなってしまうんですよね。

三砂　月経血コントロールも、本能の一部だったと思うんですね。ぽたぽた垂らしてたら、生存戦略上問題あるから。でも、それがいつのまにかできなくなった。数年前に一時期便器製造メーカーさんが排便促進ボタンつきの便器というのを出したそうですね。

よしもと　えっ、どうなるんですか。

三砂　押すと、温水がピュピュピュッと刺激をして、それでウンチが出てくるというボタンらしいんです。いつか、昔の人はウンチだって一人でできてたのにね、なんてことになってしまうかも。

よしもと　でも、だんだんそうなっていくのかもしれないですね、このままいくと。

三砂　商社マンで、ウォシュレットが付けられるトイレのある国にしか行かないっていう人の話を、知人がしてくれた。ないとトイレがうまくいかないらしい。もうそういう人いると思う。

よしもと　あと、お年寄りはわりと多いですね。ないとだめだって。

三砂　機能が衰えてきたら、あれは、なかなかいいんでしょうね。

よしもと　べつに元気な時は必要がない。

三砂　そういうものができると、また一つ本能が失われていく。だから本能をできるだけ失うように、失うように製品は開発されるわけです。

よしもと　まあそれが便利ということでもあるかもしれないですからね。最近は台所で火を使わないし。

三砂　電磁調理器はけっこうおいしくできるよね。父が認知症が進んできた時に、実家のガスコンロを、火がこわいので変えたんですよ。料理しに行って、天ぷらなど揚げものをすると、温度が常に保たれているからカラッと揚がって、感動します。

よしもと　うちもそれにしようかなって思ったけれど、私、何度でも手を焼いてしまいそうで。

三砂　そうそう。うちの家ではみんな導入に反対。

よしもと　便利なものも、いいところはいいってことですね。でも、ちょっと面倒なことをしないと本能というのは保たれませんからね。

三砂　本当はそのほうが楽しいところもあるんだけど。

よしもと　なかなかむずかしいですね。まあ行き着くところは、寝たきりに近いのが楽、みたいになっちゃいますよね。

三砂　そうなるとやっぱりこの国から出ていけない。

よしもと　まあそうですね。何か不測の事態が起きた時に動けなくなりますよね。

三砂　便利な生活って、エマージェンシーセーフじゃないから。

よしもと　ほんとそうですね。

三砂　月経血コントロールや、おむつなし育児は、避難所生活などにこそいいんじゃないか、とお母さんたちがよく言っていました。でもふだんやっていなければ、そういう時に突然やれといわれてもとても無理でしょう。

よしもと　でも、今だと公言したらたぶん別の意見も多そうないやな予感がします。少なくとも、いいと思っている人がいいと思ってることを言える場所があるといいですね。

【1】桶谷式乳房マッサージは、桶谷式治療手技といい、桶谷そとみが考案したもの。乳房の基底部の伸展性をよくして、痛くなく、おっぱいをスムーズに出す独自のマッサージのこと。

男の目線

三砂　働く女の人の環境もまだまだ大変です。一九九九年に男女雇用機会均等法[1]が改正施行されて、女性への保護は、なくなった。平等にするのなら、保護もなくすということで、たとえば以前はあった、生理休暇がなくなった。

その分妊娠、出産だけは保護するということになりました。労働基準法に母性保護の規定がありますが、でも、それは女性から請求しないとだめなんです。早く帰らせてくれとか、休みをくれとか、あるいは仕事を軽減してくれとか、女性の側から言わないとだめで、いわなくてもやってくれる、ということにはなっていません。

よしもと　雇用者の側に理解がなかったら、もう絶望ってことになりますね。

三砂　自分で言わねばならない、っていうこともみんなわりと知らない。

よしもと　知らないし、知ってても、できないと思っちゃいますよね。
　これを言うと私めちゃくちゃ反対されるんですけど、体のことを思うと、女の人はそんなに働かないほうがいいんじゃないか、そんなふうにはできてないと思います。

三砂　リプロダクティブ・ライフというか、だいたい子どもを産むぐらいの年齢というのは、世間で言う重責は本当はやらないほうがいい。

よしもと　本音ではそう思います。これもいつも言って、「やる気をそがないで」と怒られるけど、自分がもし男になったと思って考えて、どんな女の人と結婚したいかって考えてみると、案外物事は簡単に見えてくると思うんですけど。でも、それは言っちゃいけない（笑）。

三砂　妊娠や出産を大事にしましょうとか言うと、やっぱりよろしくない。仕事をしないのも、男の人の目線で考えたように振る舞うのも、ポリティカリーコレクトじゃない。早く結婚したほうがいいと思うと言うと、自分はそうしたのかと、言われちゃう。だらしない私がどうこうとかいうんじゃなくて、一般論としては早いほうがいいじゃないかということなんですけれど。

よしもと　女の人が働きたいという気持ちと、自分の娘は自由にしてあげたいという気持ちからいまの社会のよい部分ができているというのもありますが、男の人にとって女の人が職場に出てきてくれたほうが都合がよかったこというのもあるんじゃないかな。若い女の人と、夜会社が終わった後もいっしょに過ごすような機会をほしいと思ったところもあったんじゃないか。男の人たちのそういう気持ちもいまの状況に入っているんじゃないかなと思うことはあります。

三砂　なるほど、職場に男しかいないとおもしろくない。

よしもと　うん。

三砂　男女雇用機会均等法は、女性が社会的に仕事ができる、活躍したい、というように要望したからできたみたいに言われてるけど、それは表に出てるだけで、裏はやっぱり産業界や男の人たちが……。

よしもと　欲していたというか。

三砂　ということだと思いますよね。

よしもと　だからもう自分で道を作っていくしかないんですね。いま働いてる女の人たちが、これもまた実に微妙な表現になるけれども、楽しいと思っていることというのは、本当に楽しいのかって突き詰めて考えてみてほしいなと思うことがあります。たとえば家に帰って、お風呂に入って、漫画を読んだり、TV観たり、もう最高に楽しいよねって言っているのを聞きますが、そりゃそうだろうけど、その楽しさは自分の中から本当に出てきた楽しさですか。もしかしたらもっと体にとって楽しいことがあるかもよっていうようなことを言いたくなる。だけど、会社から見たら、女の人が働いてくれたら楽だと思います。まじめにやってくれるし、男の人みたいに自分の首をとろうとしないし、きっといいんだろうな。この問題は、各自で切り開くしかない時代なのかもしれません。本当に仕事がしたい女性もいるわけですから。

自分は男の子を産んで、男女の間の差というのはもう埋められないものだし、埋めようと思っちゃだめなんだと思うようになりました。能力が高いとか低いとかまったく関係なくて、理解しあえないとかでもなくて、その差はもう埋めないって思ったほうがいいんじゃないのかなってことだけは思います。男の子は小さい時から男の子だし。

三砂　ほんとにそう。人間の雄と雌の違いというのは、人間の雄と牛の雄とかの違いよりも大きい、って誰か言っていましたね。

よしもと　そんな気がしますよ。

三砂　男と女って本当に違いますね。自分の子どもとして男の子を二人育てて、やっぱり全然違うなと思いました。

よしもと　その違いを、もっと早く知りたかったなと思います。たぶん大金持の男の人と結婚したかったら、今持ってる新しい知識は役に立つ気がします。遅かった（笑）。男の人をどう扱ったら男の人は幸せな気分になるのか、わかってきた。だけど、その目標がないので、無用な知識として今私の中に蓄積されてます。

三砂　確かに。男の子を育てると男の気持ちはよくわかるようになる。男の子って、生まれた時から違いますよね。骨格も違うし、持ち重りするし。よその家の女の子を抱くとすごく軽いの。

よしもと　軽くて、なんかふんにゃりしてるから女の子はラク。

三砂　男の子は一時たりともじっとしてないし。女の子はじっとしてるんですよね。

よしもと　夢のようにじっとしてる。

三砂　しかも男の子は単純だし。男の子を育てた知識をどのように生かすべきか。

よしもと　会社が倒産しそうだったり、恐ろしいことが起きた時の男の人の持ってるポテンシャル、対応する強い力は、やっぱり女の人にないものだと思います。互いがうまくかみ合って、役割がうまく分担されるといいけど、たいていそうはいってない。みんな生きにくくなってますね。もう少し、いい時代が来るといいですね。

三砂　女性が働くということに戻ると、子育て、妊娠がたいへん、自分の時間がなくなると、本当にそう思っていていいのか。

よしもと　本当に自分の気持ちの中から出てきたのか、社会的なすり込みなのかも一度疑ってみたほうがいいだろうなって、私はいつも思います。

三砂　いま、母と子どもだけで家にいる密室育児はよくないということになっている。

よしもと　なんかそういう人たちが集まるセンターに（笑）。

三砂　子育て支援などのセンター？

よしもと　へ行って、今日も友だちができないで帰ってきたって話もよく聞きます。

三砂　家で親が見るよりも、保育所に早く預けたほうがいい、その方が子どもに社会性がつくから、とか、そういう議論になってきて、あれ、違うんじゃないの、どうしてそちらにいってしまうのか、と思う。本当だったら母親と子どもだけで閉じた空間って、そう悪くなかったりするんですよね。それこそ本能的にやっていると。

よしもと　時間のたち方が変わりますよね。それでまあ気が抜きたい時はどっか友だちの家に行くとかすればいい。

三砂　密室育児が虐待の温床になってしまうから、社会的に子どもをみたほうがいい、早く保育所に入れたほうがいい、そういう論調になっている。子どもの立場になったらたまらないですけどね。なんで小さい時から、朝から晩までよそに出て行かないといけないのか。

よしもと　そうですね。しかもいろんな子とごっちゃになってね。

三砂　病気の時は普通の保育所は預かってくれないので、病時保育をやってる保育所に連れて行って、それを数値目標をつくってどんどん増やすという議論をしている。それが働く女性が望むことだから、と。病気になっても家にいられない赤ん坊。

よしもと　人としてたいへんですね。

三砂　大人だって具合悪い時、家から出て行きたくないのに。

よしもと　そうですね。着替えたり、知らない人に抱っこされたり。

三砂　親が休めないということをまずは問題にしなければならないと思うのですが。お母さんたちも、いま自信をなくしているから、経験のない自分が育てたり、みるよりも、プロの保育士さんや看護師さんにみてもらったほうがいいんじゃないかしら、なんて言っている。

よしもと　そう言って説得されたら、頷く人が多そうです。

三砂　本能が信じられないと、簡単に「専門家」にゆずりわたしたくなる。

【1】男女雇用機会均等法は一九八五年にでき、八六年に施行された。女性の働き方は男性に近いものとなり、さらに一九九七年に均等法や労働基準法が改正され、一九九九年から施行。一部を除き多くの女性労働者に禁止されていた夜一〇時以降の深夜労働や休日労働ができるようになり、残業時間制限も撤廃された。一方で、妊娠・出産という特定の期間にある女性に対する保護規定は維持された。

助産院は世界遺産

よしもと　話が一巡してきましたが、本能の発動を動かすためにも、もうちょっとおしゃれな助産院が出てくるといいと思います。

三砂　助産婦さんとのおつきあいがたくさんあるんですけど、あの人たち正当な魔女の末《まつ》裔《えい》だから、現代的なおしゃれっぽいところとは見事に切り離されている。

よしもと　そこが融合されると、みんなわりと気楽に足を運ぶのになって思います。私が産んだところもけっこうワイルドだったけど、今は前より医療寄りになりました。でも、中にいる助産婦さんはけっこうワイルドで、そういうところはたのもしいなと思いますけどね。

三砂　本当に日本の助産婦って世界一ですからね。あのワイルドさをキープしている度合いにおいても世界の中で揺るぎない地位を確立しています。

よしもと　思想性として、残さないといけないですよ。私、楽しかったです。

三砂　何回も言っていることですが、日本の助産婦って世界の助産婦の中でとても特異な存在です。ラテンアメリカや北米には助産婦はもともと歴史的にいなかった。日本やヨーロッパには伝統的に助産婦がいるんです。日本の助産婦ですばらしいことは、医療介入がすべて認められないということと、開業権を持っているということ。

よしもと　ああ、開業権を持っているんですね。

三砂　ほかの国と大きく違う。ヨーロッパは助産婦が力をもっていて、スカンジナビアなどでは病院でもほとんどのお産を助産婦さんがやる。でも開業権はない国が多いんですね。医者のいないところでお産はできないというふうになっているところが多い。いくら助産婦が病院で全部お産をやってても、病院の外に出ることはできないんです。

そうすると助産婦はお産しかできなくなるんです。たとえば妊娠中のことは保健婦にやらせようとか、分業態勢になってしまう。オランダの助産婦は一時は自宅出産奨励をしてましたけど、あそこの国のシステムの中では、一カ月に一〇何件お産しないと食べていけないそうなんです。そうすると本当にお産しかできなくて、産後のことはほかの人に任せざるを得なくて、継続的にみられなくなるんです。ヨーロッパの助産婦は医療介入が認められていて、切ったり、貼ったりもできるんです。薬の投与もできる。そうすると人間って手を出しちゃうんですよ。でも、日本の助産婦はもともと医療介入が許されてないので、最後まで待つことができる。GHQがやってきてた時、助産婦というのは昔の伝統的産婆と同じ、ややこしい魔女の一群だと思ったから、医療介入させなかった。伝統的にそういう場所だったと思う。でも医者がいないところで自分が開業できるということは奇跡的に残った。

日本の助産院というのは、世界で唯一医療のないところで女性がお産できる、医療が発達しない前の出産のかたちが残っている場所です。医療介入できないからお母さんの力を使ってもらうしかないし、赤ちゃんの力をたのむしかないし、そのためにできることは何でもやるみたいな感じ。だから、出産が近づくと、ほとんど儀式みたいにもなっていて、アロマ焚いたりとか、お祈りしてたりとか、音楽がかかってたりとか、昔々女性が年配の女性とお産してたような雰囲気ができちゃうんですよね。それはもうたまたまそうやって残ったとしか言いようがない。
　日本の助産院は昔からそういうところだったわけではないんです。九〇年代より前は日本の助産院も寝てお産させていたし、やっていることはミニクリニックに近かった。でも、九〇年代以降は、イギリスから来たアクティブ・バース[1]という、好きな姿勢で好きなようにしてお産したらいいんだという流れを、日本の助産院がいい受け皿になって取り入れた。日本の助産院というのはいま世界の中で唯一残っている本能的なお産を大事にしてくれる場所だと思うんですよ。

よしもと　もうちょっと普通の人に門戸が開かれてるといいですよね。

三砂　本当にそうだと思う。一般には、助産院なんか行って何かあったらどうするのって、みんなそう思ってる。何かあったらたいへんなのは、病院でも同じで、助産院から搬送するのと、病院の中で準備するのとどっちが速いかわからないぐらいなんですけど、やっぱり、娘が助産院でお産するとか言うと、一番反対するのは親なんです。

よしもと　ああ、そうなんですね。

三砂　助産院のよさというのは、まったく伝わっていない。しかも必要なときの医療介入を否定しているわけではないのに。

よしもと　どっちにしてもいざとなったら病院に運ばれちゃいますからね。

三砂　ぎりぎりまで本能を発現させる場としての出産ということを最後まで頑張って守ってくれる場所というのは、世界でここしかない。天然記念物というより世界遺産です。

よしもと　そうですよね。世界遺産になってしまえばいいのに。普通の人はなかなかそういうことを知らされる場がないですよね。だいたい危ないからやめなさいって言われるだけで。行ってみると、またこれが入りづらいんですよね（笑）。

三砂　普通の女の人にとっては、えーっみたいなことをたくさん言われますし。夜は八時に寝なさいとか、乳製品とっちゃだめとか。

よしもと　その期間ぐらいはみんな始めればやると思うんですけど、問題は閉鎖的なムードが（笑）。けっこう迷いましたもんね、どうしようかなって。

三砂　助産院で産まれたんですか。

よしもと　いや、違います、クリニックです。でも助産婦さんがすごくて、タイミングの見計らい方とか絶妙だった。

三砂　お産が自由診療で保険じゃないので、それも大きい。自由診療だからこんな形が残っているとも言えるんです。先進国だったら全部大きな施設でお産をするということになってるのに、日本にちっちゃいクリニックや助産院が残っているのは、自由診療のおかげでしょう。

よしもと　成り立ちを聞くとためになるな。

三砂　公衆衛生や疫学という専門の領域はいかに医療のサービスをよりよいものにしていくかということです。いろいろな国のシステムを見ていて、日本の医療やお産のシステムって、全然悪くないと思ってたの。まあ比較ですけどね。大学病院で分娩したい人はそれもできる。自宅出産だってできる。いろんなオプションがあるんです。

自宅出産が犯罪になる国もあるんです。ハンガリーの助産婦さんをとりあげた『Freedom for Birth』[2]という映画があります。ハンガリーでは自宅出産が禁止で、介助した助産婦が罪に問われる。ずーっと自宅出産をやり続けた助産婦さんが罪に問われたという映画なんです。その助産婦さんと出産した女性が、これは女性の人権侵害だと、欧州人権裁判所に提訴するんです。助産婦の逮捕は許されないことだと主張しました。彼女は勝つんですが、助産婦さんは負けて、ハンガリーで自宅軟禁されています。

よしもと　たいへん。

三砂　女性はその助産婦さんを守りたいし、自分たちがどんなふうに産みたいか、誰と産むかというのを選ぶのは女性の権利だということを提訴して、それは認められたのです。

最近、モンゴルに行った方が、病院で、しかも狭い分娩台で足を上げて、砕石位《さいせきい》[3]という寝た姿勢で産まないといけなくなっていると言っていました。病院もそういうお産をさせないと罪になるという。正常産に砕石位、というのに科学的根拠なんてないんですよ。科学的根拠は体を起こしたほうにあるんです。ただそういう政策になってしまった。ただ、モンゴルのお産の現場にいる助産婦さんやお医者さんはおかしいってわかっているらしい。みんな寝かせて、狭いところでお産すると、子どもの状態が悪いし、お母さんの状態も悪いし、子どもが余計死ぬと。前みたいに座らせてお産させたほうがよかったって、現場の人はみんな思ってる。でも、法律はそうなんですよ。あとフィリピンの州でも、自宅出産や伝統的産婆でお産すると罪に問われるというところがあるそうです。だから世の中の趨勢はそっちなんですよね。

よしもと　なるほどねえ。それだけ何か問題が多いんでしょうね。つまり助産婦さんが取り上げると問題が起きちゃうというだけじゃなくて、犯罪との関連とか、そういうのがあるんでしょうね。赤ちゃんを産んで、すぐ売り飛ばしたり。

三砂　そういうこともあるんでしょうねぇ。自宅出産までできるという法律が残ってるということは、実は世界レベルで見るととっても珍しいことです。日本のお産のシステムは、全然悪くない。

よしもと　選べますもんね。

三砂　そうなんです。だからいまの問題はむしろシステムじゃなくて、赤ちゃんを産む女性の側だと思うんです。だからその人たちが意識を持って、それこそ自分の体を使ったお産したいと思えば、そういう場所をいくらでも選べる。

よしもと　でも、欧米の人は、病院にぱっと行って、ぱっと帝王切開して、あるいは無痛で産んできたわ、みたいな感じですもんね。ほかを知らない。

三砂　だからシステムではなくて、女性の側への情報提供の足りなさが問題だと思います。大きいところに行けば安心よっていうけれど、大きいところに行くとひどいことされるかもしれないのにね。

よしもと　あと、うちでは産めませんという病院もありますよね。ここはじゃあ、何を専門にしてるんですかって聞いちゃいけないことを聞いてしまいたくなる（笑）。うちは、妊娠したってことまでは診てあげられるけど、お産はとれませんと言ってるクリニックいっぱいあります。

情報不足がいちばん問題だと思いますが、あと洗脳ですよね。病院に行っとけば清潔だし、安全だよという。生まれたての赤ちゃんを急にひとりでは扱えないよって。

三砂　病院に行けば大丈夫と思っているから、うまくいかないとすぐ訴える。

よしもと　訴えられると、もっと法律がきつくなるという悪循環にまたなっちゃいますよね。

三砂　本当にお産をやめた産科の先生たちは気の毒だと思います。助産院だったらまだ断れる。うちは正常のお産しか扱えないから、あんた、こんな体で、こんな生活してたら、うちでは産めないわよって、病院に行って産みなさいと言える。でもクリニックだと、医者だから断れない。だからどんなひどい人も受けなきゃいけない。

人間は太古の昔から産んできたから、太古の昔と同じように日の出とともに起きて日没とともに眠るという生活したほうがお産にはいいんです。

夜中の一二時までオフィスで働いたりするのは、よくないに決まってるんですよ。助産婦さんはそういう生活を妊娠中に叩き直そうとするんだけど、病院だと叩き直す根性のある助産婦さんがいないところも多いし、制度上できなかったりするし、人間関係の上でできなかったりもするし、時間もない。そしてひどい生活のままでお産しに来るから、やっぱりお産は重くなる。

それで思い通りの結果にならないと、お医者さんのせいだって訴える。それで訴えられると、こんなのやってられないとやめざるを得ない。いま産婦人科医も減ってますよね。少なくともお産に行って、自分をケアしてくれた助産婦とか産科医を訴えない、そういう人間でありたい。

よしもと　そうですね。ギリギリまで自分の力を使いたいです。

三砂　訴えないようにしなさいと若い人に言いたい。じゃ、それはどんなことされても我慢するのかということではなくて、もっと子どもを産むということを人生の一大事だと考えてほしいということです。

学校選ぶ時も、就職する時も、一生懸命調べて選ぼうとする。熱心にね。でも、子どもを産む時は近所だからとか、フランス料理出してくれるからとか、きれいだからとか、それだけで選んじゃうんですよ。それだけで選んじゃだめだよって。ちゃんとここはどういうお産をするところなのか、自分にとって本当に信頼できる人が自分を診てくれるのかということを確かめるべきだと。

そんなことを言っても、近所にいいところがないという。では、引っ越すべきだと思う。人生の一大事なんだから、自分が本当に信頼できる人がいるところに引っ越す甲斐のあることだよって。でも、それでも引っ越しませんと言ったら、それはそんなもんでしょう。人っていろんな制約の中で生きてるから、夫の仕事で引っ越せないんだったら、そこで腹決めて、そこで頑張って、ベストじゃないかもしれないけど、自分の信頼できる人をその範囲の中で探すしかない。

でも、その信頼した人がお産に来てくれるとは限りません、いろんなお医者さんがいるからって言われる。だからそういうところを選んじゃだめなんだって言うんです。いざという時にそれまでみてくれていた人が来てくれないようなところを選んじゃだめなんだって説明するんです。

そうすると選ぶのは小さいところになるんですよ。大きいところだと誰が来るかわからないから。

たとえば自分の親がお産についているとして、自分の子どもが死んだとしても親を訴える人はいませんよね。親や肉親は自分のために最良のことをしてくれたって信じられるから。だから自分が産むところを選ぶ時は、このお医者さんだったら、この助産婦さんだったら、何があっても私のためにベストのことをしてくれるって信じることができるような人を選びなさいと言うんです。そういう関係を築いていけば、何があっても訴えることはない。そういうことを自分でちゃんと準備していかないとだめなんだよって若い人には言ってあげたい。

人間だから、どんなに一生懸命やっても死ぬこともある。でも、その時に本人も家族もその担当の人を訴えないような選び方を自分がしないといけないんだ。もしもそこでそういう思わしくない結果になったとしたら、悲しいし、落ち込むかもしれないけど、でも、それは私が受け入れなきゃいけない運命で、私を介助してくれた人の責任じゃないって思えるような人を探さないといけない。

よしもと　そうですよね、まずそこからですね。生命の問題です。

三砂　そういう人を探せば見つかるようなシステムが日本にはあるから、そこを諦めちゃいけないということを言いたい。

よしもと　でも、システムはあっても、みんな諦めることをすごく上手に学んで育ってきちゃっているから。でも、そこを頑張らないといけないですね。私は楽しかったですよ。いい人ばっかりで。生まれたての赤ちゃんと二人きりの夜、一生忘れない。

三砂　それはすばらしいですね。そこがいやなところだったら、やっぱりまずいなと思いますよね。

よしもと　行きませんもん。逃げ出しちゃう。

三砂　逃げ出すことができる力、これが足りないんだろうなあ。みんな。

よしもと　私の逃げ力、分けてあげたい！　余ってるから（笑）。

【1】アクティブ・バースは、妊婦が積極的に分娩に取り組む出産法で、助産婦や医師はあくまで分娩をサポートするという立場。妊婦は好きな体位で赤ちゃんを産むことができる。

【2】『Freedom for Birth』(イギリス・58分)、邦題は『出産の自由を求めて』。監督はToni Harman、AlexWakefold。出産ケアにおける人権侵害について喚起するために制作されたドキュメンタリー映画。二〇一〇年のハンガリーの助産婦アグネス・ゲレープ氏の逮捕や「女性は誰と、どこで、どんな状況で産むかを選択する権利がある」と認めた欧州人権裁判所の判決、専門家の取材などが記録されている。日本語を含む二〇か国語に翻訳。一五分の短縮版がYouTubeで無料視聴可能。

【3】砕石位は仰向けになり、両足をあぐらをくんだように足を開いたままで、胸まで引きつけた体位のこと。

健康ってどういうこと？

よしもと　この間子どもを送り出してから、ぼやっと韓流ドラマを見てました。朝の時間なので、途中で日本のドラマのCMが入るんですよ。韓国の芸能人は、体が違うんですよね。彼らは若くて溌剌としている、それだけで楽しい、そんな雰囲気をしている。女の子もパーンって、芯のある肉体をしてる。日本のドラマになった時に、みんな体がくの字に曲がっているように見えるんです。みんな首が前に出てて、膝が曲がっていて、頭を支えてられないんだなと解釈してます。ぼーっと見てたら、ビジュアル的な違いがバーンと入ってきて、いろんな意味で、これは負けるわと思いましたね。韓国の人たちはキムチをたくさん食べるからかなあ。あのお肌のはり。

三砂　肉もたくさん食べますね。学生さんたちを見ていてもそうだけど、日本の人はみんな食べないよね。

よしもと　食べないし、お酒も飲まないし、もはや何もしない。そしていつもダイエットしてる。

三砂　カロリー制限という呪縛に捕らわれている。食べるのはカップはるさめとか、サラダとかね。お肉とか、ご飯は食べないようにして、でも、甘いものとかお菓子は食べるんですよね。

よしもと　体は本当は別の何かを欲してるんですよね。カロリー制限にとらわれている割には、パスタや甘いものを食べている。

三砂　肉や魚を食べないと……。

よしもと　うん、たんぱく質がないと。

三砂　たんぱく質不足だと思う。大学で健康教育の授業もしています。カロリー計算をする昔からのオーソドックスな栄養学も教えていますが、もう少し工夫がいるなあ、と思って。いまさかんに言われている糖質制限のことも伝えた方がいいかな、と思っています。カロリーを計算させると、カロリーが低ければ低いほうがいいと思っちゃうんですよね。そのほうが痩せるからって。糖質制限は、カロリー全体は気にしないで、糖質を落としていく。野菜をしっかり食べて、肉も魚もたまごも食べて、油っこいものも食べていい。でも、甘いもの、パンや麺類を無闇に食べない。結果としていまの日本の若い女の子は、カロリーを意識するより糖質を意識するほうが健康的な食生活になると思う。いかに節操なく精製された糖質を取っているのか、をわかってほしい。

よしもと そうですね。あと甘いお酒、カクテルみたいなのをみんな一斉に飲んでるんですけど、あれのほうが体に悪いと思う。やっぱり親の影響ですかね。私ぐらいの世代は、みんなダイエットをしながら生きてきてるみたいな世代だから。でもコンビニに行ったら、何か買える世代も私たちからだし。

三砂 とにかくみんな食べないですむんだったら、食べないほうがいいと思ってますね。それと生理が毎月こない人も多い。

よしもと 大変。もう人間が増えない。

三砂 「先生、生理が時々しかないって普通ですよね」って言うから、いえ、毎月あるのが普通です、と。

よしもと 血も出ない！ それじゃもうコントロールに至るまでの道のりが遠すぎて……（笑）。

三砂　自分では、妊娠、授乳期以外になかったことがないので、そういうものだと思っていたんですけれどね。食べないと生理がまともになくなる。

よしもと　女性はそこでしか調整できないですもんね。男の子どももそうなんでしょうかね。日本の大学ではもしかしたら。

三砂　どうだろう。うちの息子たちを見てる限りは肉食ですけどね。半分ブラジル人だからなあ。私も一時野菜ばっかり食べようとしたこともありましたが、途中でやめた。肉のほうがおいしそうだし、ばななさんがおっしゃる通り、自分に覇気がなくなってくる。

よしもと　なんか取りに行く感じがなくなるんですよね。作家は取りにいけないと、好奇心の源泉が途絶えてしまいますよね。今日はじっとして、ここの環境を整えよう、みたいな気分になっちゃうんですよね。

三砂　糖質制限、三カ月間厳密なのをやってみました。本当におもしろかった。

よしもと　どうでしたか、体調は。すごく興味があります。

三砂　抜群ですね。厳密にやると、白米、うどん、白いパン、甘いもの、果物、根菜、大量の牛乳などをとらない。肉、魚、卵、野菜などを食べ、お酒は赤ワインと焼酎は飲んでもいい。そうすると糖質がそんな欲しくなくなる。頭がすごくクリアになる。糖質って人類が食べはじめてそんなに時間がたってない。農耕生活をはじめてから一万年で、それ以前は季節の木の実や果物ぐらいしか糖質がとれなかった。農業をはじめて、穀類を栽培するようになったから人間これだけ増えることができた、と思いますが。ただ穀類を精製したものを食べ始めたのは、一九世紀になって精製技術ができてからのことです。日本でも、白いパン、白いご飯、白い砂糖がいくらでも食べられるようになったのは、ここ四〇年ぐらいではないですか。

よしもと　短い。

三砂　昔から日本人にとって米は特別だったと思いますが、死ぬまでに一回白い飯を腹いっぱい食いたいというような感じで、普段からほしいだけ食べられるものではなかったでしょう。人類の歴史にとって、精製白糖をいっぱい食べるようになった初めての時代。精製白糖は血糖値をシャープに上げたり下げたりするんですよ。血糖値が下がると、ああ、おなかが空いた、という感じになってそしてまた糖質がほしくなる。依存性物質のようですね。精製していない玄米などはゆっくりとさがるんです。

よしもと　玄米は白米に比べて、腹持ちがいいですもんね。

三砂　糖質制限をすると、急激にはお腹が減らなくなる。いま何か食べないともうだめだというようなお腹の減り方は、急に血糖値がさがった状態なんだというのがわかりました。小さい頃小児喘息で、わりと喉が弱いからすぐ咳してたんですよ。寝る前もずーっと咳してたんだけど、糖質を落としたら咳をしなくなりました。人前で話す商売だから、講義の前などは、糖質をとるのはやめておこう、と思うようになりましたし。あと手足もむくみにくくなった。顔のむくみも取れる。すごくおもしろかった。

よしもと　やってみようかしら。でもうちに米が有り余っている（笑）。

三砂　やっぱり体重は落ちます。

よしもと　にやり（笑）。

三砂　糖質制限してると、適正体重で止まって無闇に痩せないようですから、がりがりにはなれないようですが。それでもウエストからやせる。余剰の脂肪からとれるのかなあ。

よしもと　なんていいお話でしょう（笑）。

三砂　やってみると、いいことばっかりでした。

よしもと　いまも続けておられますか？

三砂　いまは、社交の場ではサンドイッチもお寿司もケーキも食べる。前は惰性でなんでも食べていましたが、日常的には、選べるのであればなるべく食べないようにしています。昼に精製糖質、ようするに、白米とか白パンや麺類、パスタを食べると、眠くなるというのがわかりましたし。咳もするし、やめたほうがいいな、と。

そうやって食べていると、たまに食べる糖質は本当においしい。糖質って人生の喜びなんだ、というのがよくわかります。白いお米はうっとりするほどおいしいとか、ケーキってこんなおいしいものだったんだとか、熟れた果物ってすばらしいとか、そういう喜びがある。のんべんだらりと節操なく食べるのをやめました。とにかく実験としておもしろかったですね。子どもたちからはまたか、変なことして、とバカにされていますが。白い飯がうまいんじゃないかと言っています。子どもたちは玄米は食べない。

よしもと　ああ、うちも食べてくれなかったですね。固い！って。

三砂　うちは精米機で玄米を精米してから炊くんですが、精米機の音がすると、どこかから子どもが飛んできて、分搗き米のめもりをビーッと白米にしてしまうという生活をしてました。若いころは糖質も必要だと思います。

よしもと　そういえば、うちの事務所にご両親が沖永良部の出身の女の子がいました。その人は、家族全員があんまりご飯を食べない、たまに炒めてチャーハンのようなものとか、ジューシーのようなものは食べるんだけど、純粋な白いご飯を炊いて食べることがない家に育っていたので、全然白米を食べないんです。で、肉はすごく食べる。お菓子は食べますが、野菜はちょっとで、穀物をほとんどとらない。お酒もほとんど飲まない。そしてとてもスタイルがいいんですよね。うちを辞めた後に、しばらく近所の商店街で店番をしてました。バイト先の店長さんがいつもおにぎりをいっぱい作ってきて、賄いのようになっていた。余ったら家に持ち帰って食べていたら、一カ月後には別人のように太っちゃった。待ち合わせをしたらわかんないぐらい。いままで一切食べたことがないのに急に白い米を食べてたらこうなっちゃったんですよね、と言うんです。しかも、白いお米が好きじゃないんで、楽しくなく食べてるんで、より一層悪い意味で効果が出ちゃったって。次に会ったらそこのバイトをやめて体が元に戻ってたんです（笑）。人間の体って本当に単純だし、機械のように正直なものだと思いました。

三砂　精製糖質ってそんなに力があるんですね。

よしもと　うん。その人の場合、子どもの時からの積み重ねでずっと食べてないから、いっそう結果がでてしまったんだと思いますけれど。

糖にアディクトする

三砂　摂食障害も精製糖質依存、という視点でみてみたいと思ってます。

よしもと　そうか。確かにアイスとか、クッキーとかポテトチップは過食してしまいますが、野菜の過食にはいかない。

三砂　いかないでしょう。納豆食べないとやってられないとか、キュウリを際限なく食べちゃうとか、そういう人いないですね。食べて吐くのは全部精製糖質。一気に食べるとガーッと血糖値が上がって、またすぐに下がるから、食べずにはいられなくなる。

よしもと　簡単に言ってしまうと、糖質以外のものは大量にとれませんものね。肉は、ギャル曽根とかでない限り五〇枚も食べられないですもんね。

三砂　脂肪をとってもいいということになれば、人の意識はとても変わるはずです。若い人たちはみんな脂肪をとるとカロリー高いから、それだと太ると思って脂肪はできるだけとらない。でも脂ってやっぱり必要なんですよね。バターも見直されています。

よしもと　勘違いしたことが本当に蔓延してますね。

三砂　こういう常識って、やはりアメリカからの影響かな。

よしもと　アメリカの人は、太り方としては、手と足が細いんだけど胴体だけバーンと太いです。ヨーロッパにはそんな人はあんまりいないですね。

三砂　アメリカは糖質太りだ、と書いてあった記事を読みました。アメリカでは、七〇年代ぐらいに、脂肪のとりすぎが悪いということになった。それが日本に入ってきたのでしょうね。日本では、食生活の洋食化が成人病を招いたということになっていますが、食生活の洋食化で日本の寿命は延びてるはずですよ。タンパク質と脂肪が増えたのではなくて、精製糖質が増えたのでしょう。アメリカもピザにパスタにポテトチップ、と、精製糖質はたくさんとっているようだから。

よしもと　アメリカでホームパーティみたいなのに行くと、私の友だちは二種類いるから、ヒッピーみたいな、ベジタリアンみたいな人たちのところでは、普通に日本人にとってなじみのあるものが出てくるんです。でも普通のお家に行くと、ナチョスみたいなものがでてきます。トルティーヤを切ったのを揚げたチップスにチーズとアボカドのペーストをのせたものをチンしたものが出てきますもん。それをみんながボリボリ、ボリボリ食べてるんですよね。デザートには砂糖の味がジャリジャリするような甘いケーキが出てきて、野菜と言ってポテトが出てくる。

三砂　あ、ポテトは野菜なんだね。

よしもと　うん。そしてポテトは糖質ですからね。でもそのポテトも、粉で売ってるマッシュポテトの素をお湯でといたものだったりする。

三砂　友人が、アメリカではオムレツを作るのに、黄身はコレステロールが高いから、黄身の配分を少なくしたものがチューブになって売っているものをつかう、といっていた。卵は敵みたいですよ。

よしもと　ああ、やっぱり正しい知識は大切ですね。自分の体でためしてみるのも大切。

三砂　糖質制限では卵は敵視しませんしね。コレステロールはとにかく悪い、と言う印象をあたえていますが、体に必要なものでもありますから。高コレステロール血症の薬が大変売れています。女性なんてある程度の年齢になると、コレステロールが高めになる。みんな病気にされてるんじゃないかと思う。

よしもと　検査したらもうお終いみたいなところありますね。自覚的になっていかないと、体が守れないですね。私も完全にはできないかもしれないけど、藤田紘一郎先生[1]の言ってることぐらいはやろうかなと本当に思います。

三砂　『50歳からは「炭水化物」をやめなさい』を読むと、藤田先生は果物は食べてますよね。

よしもと　お酒も飲まれてますし、あと、昼だけ五穀米を食べてる。

三砂　糖尿病でなければ、あれぐらいがよさそうな感じです。

よしもと　一番ウケたのは、インドネシアにいる時に、暑いからポカリスエットを飲んで糖尿病になっちゃったってところ。脱水になっちゃいけないと思って飲んだって言うようなことが書いてありましたね。

三砂　書いてあった。脱水になるからスポーツドリンク飲まなきゃと、みんな思ってるよね。病院で乳児にも飲ませるらしい。おっぱいだけだと、下痢した時に困るからって。

よしもと　あります、あります。オーエスワンとか、そういう名前だった。

三砂　もともとオーラル・リハイドレーション・ソルト（Oral Rehydration Salt　経口補水塩）から出てきたものですね。国際保健の業界では、一九七〇年代半ばからあった画期的なものです。

よしもと　本当はどんな時に使うものなんですか。

三砂　七〇年代は乳児死亡率が世界中で高かった。その死因の第一位が下痢だったんです。下痢してる子どもに水をあげるともっと下痢するから、子どもに水を飲ませなくなって、脱水で死んでしまう。いくら下痢しても、もっと水をあげるべきだっていうのを、ユニセフとWHOが世界中でキャンペーンしたんです。

それも水だけじゃなくて、一リットルの水にティースプーン半分の塩に、四杯ぐらいのお砂糖を混ぜてつくる。ほとんど味がしないぐらいなんですけど、それを下痢していることもにどんどん飲ませましょうというキャンペーンをやって、それで世界中けっこう乳児死亡率が下がったんです。国際保健では常識で。砂糖と塩じゃなくても、文化的にうけいれられやすいところでは、重湯みたいなものに塩でもいい。ユニセフはパッケージもつくっていた。

それをポカリスエットがなんとなく上手に利用したように見えます。

よしもと　多分、あんなに砂糖入ってないですよね。

三砂　ポカリスエットは、経口補水塩としては濃すぎるんですよ。おいしい、と感じるくらいなら、濃すぎますから。藤田先生はお医者さんで、でもインドネシアでポカリスエットを飲み過ぎてしまったわけだから、ほかの人は推して知るべしですよね。

よしもと　粉で売ってるものだったらまだしもですね。うちの事務所の男の子がある時すごく太って、どうしたのって聞いたら、ライブハウスに仕事上行くことが多くて、自分はお酒が飲めないから、ポカリを飲むようにした。そしたら急にこうなったと言うんですよ。ぞーっとしました。ポカリが悪というわけではなく、飲みすぎです。

三砂　ポカリ太り。

よしもと　先ほどの両親が沖永良部島出身の子とポカリの子と、私は二つの身近な例を知ってたから、なんとなく糖質ダイエットは納得がいく。

三砂　ダイエットとか、あと糖尿病とか、メタボ対策とか、おそらくは、糖質の制限で解決することがたくさんあると思うけど、でも、あまりそう言わないですね。

よしもと　言ってしまったら、お菓子の会社も困るし。

三砂　砂糖産業ってコングロマリットですからね。ラテンアメリカでもアフリカでもみんなプランテーションにして、サトウキビを作って、巨大なお金が動いています。サトウキビ農園労働者に糖尿病が多いことは知られていました。

よしもと　やっぱりそうなんですか。

三砂　砂糖がすぐ手に入りますからね。

よしもと　そうか、気楽に手の出る位置においしいものがあるという状況になっちゃうんですか。

三砂　ブラジルの砂糖の消費量はすごかった。エスプレッソコーヒーのような濃いものにたくさん砂糖を入れて飲みます。カフェジーニョとよばれますが、毎朝、職場でも家でつくってポットに入れておく。砂糖はほぼ飽和して沈殿するほどはいってます。頭が痛くなるくらい甘い。それが慣れるとおいしいのがコワい。ブラジルではどこに行っても出てくるんです。ブラジルではお手伝いさんが基本的な家事はしてくれていましたが、買物は私の仕事だったので、毎週車で行って、スーパーで山のように一週間分の食材を買うんですけど、砂糖は週五キロ買ってた。お手伝いさんたちは、とにかく砂糖が好き、ジュースにもざざざっと砂糖を入れるんですよ。パッションフルーツやマンゴーのジュースを毎回食事のたびに作るんですけど、とっても甘くするの。日本に帰ってきたら、一キロの砂糖なんか一年もちますもんね。

「湿潤療法」の夏井睦先生[2]に聞いて、『砂糖の歴史』[3]という本を読んでるんですけど、砂糖は、もともと原住民の人たちがサトウキビを食べたりとか、その程度だったのが、イギリス人、上流階級の女性が紅茶に砂糖を入れて飲むようになって、広がっていったそうです。この本を書いた人はドミニカの人で先祖が砂糖会社を設立している。ドミニカはいまも砂糖に関わる産業の人々が上流階級の社会をつくっていて、高級クラブがあるんですよ。マイケル・ジャクソンとリサ・マリー・プレスリーはドミニカで結婚したのですが、そういう高級クラブで式をあげている。とにかく砂糖は世界の主要産業で、だから砂糖を減らしましょうとはならないでしょうねえ。

よしもと　そうかあ。体にいいことを言おうとすると必ず巨悪にぶつかる（笑）。困ったものですね。

三砂　日本の場合は、やっぱり米が日本の農業の基幹だし。

よしもと　ですよね。

三砂　小麦粉の業界も政治的に力がありそう。白米、白い小麦粉がよくないとわかったとしても、広がらないでしょう。これだけ健康について騒がれていて、糖質が健康の大きな鍵を握っているとわかっていても。

よしもと　しかし、確かにいま流行ってますね、糖質制限。結果が出るからですよね。宮本輝[4]先生だって糖尿だったのに、ちゃんと痩せて、楽しそうに暮らしておられる。

三砂　レディ・ガガも一一・五キロ太っちゃったけど、糖質を抜けば痩せられるからいいのよって言ってます。それとお肉食べると楽しいですもんね。

よしもと　楽しいと思うんですけどね。お肉を目の敵にするよりは。叶姉妹は肉を食べてるから、あんなギラッとしていられるんですね、きっと。

三砂　とにかく糖質をぬいちゃうと、二週間ぐらいで世界が変わる。自分の体をちょっと変えよう、と思うと糖質さえ取らなければ、いろいろ変わるようです。

よしもと　そんなに変わるんですね。先ほども言いましたが、人間は持って生まれた性格は変わらないと思うんですね。でも着るもの、食べるもの、過ごし方は変えられる。

三砂　そうですよね、生活習慣は変えることができる。

よしもと　で、それによって自分の変わらないところと変わるところを見るというのは、若いうちにたくさんやっておくといいのかなと思うんです。で、やっぱり元気で健康そうというのは、みんなそこを誤解してると思うんですけど、ハイな状態とか、テンションが張り詰めてる状態じゃなくって、いるだけでなんとなく周りの人もふわんと幸せになるような状態が健康なんだと思うんですね。でもモデルがめったにないから、みんな、それがわからない。イエーイみたいなのが元気と健康なんではないのだということを確認しておきたいです。

三砂　そう、ハイテンションが元気、というのも思い込みですよね。もっと穏やかなものですね。

【1】藤田紘一郎、一九三九年生まれ。免疫学者。東京医科歯科大学名誉教授、人間総合科学大学教授。専門は、寄生虫学、感染免疫学、熱帯医学。『笑うカイチュウ――寄生虫博士奮闘記』『腸内革命』などの著書がある。

【2】夏井睦、医師、一九五七年生まれ。「消毒しない、傷を乾燥させない」外傷の治療である「湿潤療法」を提唱し、練馬光が丘病院に傷の治療センターを開設している。著書には『キズ・ヤケドは消毒してはいけない』『傷はぜったい消毒するな』などがある。

【3】エリザベス アボット『砂糖の歴史』樋口幸子訳、河出書房新社、二〇一一年。

【4】宮本輝、小説家。一九四七年生まれ。一九七七年『泥の河』で太宰治賞を受賞してデビュー。『螢川』で芥川賞を受賞した。『優駿』『草原の椅子』など多くの作品があり、『我ら糖尿人、元気なのには理由がある』は医師の江部康二さんとの対談本。

2

母の存在

男子を育てる

三砂　前にも言いましたが、子どもたちは一〇歳、八歳までブラジルで育てました。ロンドンで知り合ったブラジル人のドクターが子どもたちの父親です。別れてしまったので、上の子が一〇歳以降、一緒に住んでいないのですが。ブラジル人って、みんなどこかから来た人たちだから、うちの子どもたちの父親はブラジル人、そのお父さんとお母さんもブラジルで生まれたブラジル人ですが、うちの子どもから見ると、ひいばあちゃんは一人がナポリの人で、ひとりが北イタリアの人です。

よしもと　なんだか素敵な混ざり方。

三砂　一人のひいじいちゃんはスペイン系、もう一人のひいじいちゃんはポルトガルの人。子どもたちのおばあちゃんが亡くなるまえに、いろいろ話を聞いたことがあります。ご先祖の話。スペインの貴族のお姫さまが馬丁と恋愛して駆け落ちして、アルゼンチンにたどり着いたとか。で、ブエノスアイレスでひいじいちゃんが生まれたらしい。ご先祖様は子孫がこんな極東の国で学校に行くことになるなんて思わなかっただろうな。この人たちイタリアの血が流れてるんだ、と思って眺める時がある。

よしもと　いまでもいっしょに出かけてくれます？

三砂　うん。スポンサーにさえなれば、旅行でもバーゲンでも。

よしもと　あ、よかった。それが心配で。あるところになると、母親と出かけてたまるかとか言うんじゃないかと思って（笑）。

三砂　子どもが生まれてから、八歳、一〇歳になるまでブラジルで育てました。ブラジルといっても、リオデジャネイロやサンパウロのような都会じゃなくて、そこから飛行機で飛んでも飛んでもつかないくらい離れた北東部の町、マリオ・バルガス・リョサ[1]が『世界終末戦争』に書いたような辺境。その辺境での子育てが私と子どもの標準なんですよ。お母さんたちは、みんなべたべたずっとハグしてキスして育てたから、私もそうやって育てました。そうやって育てると、とくにある年齢からやらなくなるということもないので、日本に来てもずっと同じです。

よしもと　いつまでも同じように（笑）。

三砂　うん。だからいまもけっこうハグしてるし、キスとかしてくれる。

よしもと　素敵。

三砂　ブラジルでは一五歳が元服、といいますか、女の子だと社交界デビュー。ラテン・アメリカはどこも同じだと思うけど、社交界デビューするとパーティみたいなことをします。一五歳で何か記念になることをするのですね。うちは男の子だから一五歳になったら、どこでも行きたいところに私と二人で行こう、という計画を一三歳ぐらいから立てました。その間お金を貯めてね。そしたら二人とも喜んでついてきてくれた。上の子はスイスでスキーしたいというので、スイスに行きました。私はあんまりやらないから下で見ていました。下の子はイギリス生まれで、古いお城に行きたいと言うので、スコットランドの古城めぐりをしました。いまもどこか行こうかと言うと、金出してくれるならついていく、みたいな感じ。

よしもと　よし！

三砂　息子とわりと仲がいい、というと、いっしょにお風呂入っているんでしょう？　とかよく聞かれた。でもブラジルって西洋社会だから。

よしもと　ああ、キリスト教圏では大人の裸を見せちゃいけないと言いますもんね。

三砂　プライバシーについてもうるさいです。ブラジルではアパートに住んでたんですけど、アパートには親の部屋にも子どもたちの部屋にもそれぞれにバスルームがある。トイレとシャワーが付いている。八歳、一〇歳で既にそれぞれの部屋で自分だけでシャワーを浴びてたから、日本に帰ってきてもいっしょにお風呂に入るという発想が私になかったの。だから私、子どもの裸って、八歳ぐらいから見てない。いまでもいっしょにお風呂に入るの？　とまわりに聞かれて、正直、当惑した。

よしもと　日本はみんなでお風呂に入る大国ですからね。

三砂　お風呂に入るのがスキンシップだったんだと気が付いた。親とお風呂にいつまで入れるか、というのがけっこうバロメーターみたいですね。子どもも私の裸は物心ついてから見てないと思う。

よしもと　うちも動物といっしょに育てて、べたべたしてたら、学校で問題になりました。彼はスキンシップが多すぎると。裁判にかけられてましたよ、学校で。

三砂　えー、いまおいくつですか。
よしもと　九歳です。
三砂　上の子は一〇歳ぐらいで初めて日本に来て、区立小学校に入りました。
よしもと　大丈夫でしたか、何も揉めなかったですか。つらいと言ってなかったですか。
三砂　つらかったんだと思うの。
よしもと　たぶんつらいですよね、ブラジルから帰ってきたら。
三砂　先生から「この子はいつも僕に抱きついてくるんですよ」って言われました。ブラジルの延長でやってるんだなと思った。苦労したと思うんですよね。ただ、うち、上の子は非常によく環境適応する人なんですよ。
　ブラジルで私たちが住んでたところは、日本人学校があるところじゃなかったから、普通にポルトガル語の現地校に通ってました。私が日本語でしゃべってたから、日本語はしゃべれたんですけど、親のしゃべるような日本語しか知らないから、女言葉なんですよね。ビデオを見てたからボクとは言うんだけど。いまも長男が次男になにか説教したり怒ったりする時は、「どうしてそんなことをやってるのかしら」なんてちょっと女っぽい言葉になっちゃう（笑）。私が怒ってたように次男を怒る。
　次男は日本というより学校というところにそもそも適応していない。ブラジルの学校にも適応していませんでした。次男は世間で言えば要するに問題児だったと思う。小学校に行っても体育の時間に廊下で寝てるとか、先生から、「運動会に出ないと言っています」と電話がかかってくる。とにかく学校でやれといわれることで気に入らないことをすべてやらない、宿題はやらない、物を持っていかない、修学旅行に行かない、そういう感じでした。
　二人とも給食って、セルフサービスで好きなものを食べればいいと思ってた（笑）。
よしもと　給食ではおかずを人数分に分けるのが一番たいへんなところでしたね（笑）。
三砂　そうそう、好きなものだけとっちゃって、最初とても苦労したみたいなんですけど、次男は一切食べないという方針にしちゃったんで、牛乳とパンしか食べていなかった。
よしもと　それはそれで一つの考え方ですよね。
三砂　だいたい給食に出てくるものが好きじゃなくて。私はブラジルでも一応和食を作っていたつもりなんだけど、でも、いつも食べてた食事と違うので、変わったもの食べたくないと言っていました。長男は、いまになって思えば、学校の給食はおいしそうで、食べればよかったと言うんだけど、次男は一切食べなかったんですよね。

ただ次男はブラジルにいた時からそんな感じだった。ブラジルって子どもの生活に学校が占める割合が日本よりずっと少ない。午前中か午後かどっちかしか行かないんですよ。小学校から高校まで、そんなふうなんです。朝七時に行って一二時に帰ってくるか、一時に行って五時か六時ぐらいまで行っているかどちらか。

ブラジル人たちは学校にあんまり重きを置いてないから、学校は勉強を教えてもらうところなので、勉強さえやってくればいいと親は思っている。だから家族の旅行だからなどと言って、わりと平気で休ませる。学校で集団生活についてのルールを習うとか、人間的な成長を促すとか、そんなこと誰も期待してない。それは家庭がやるべきことなんです。かえってうちの子どもの性格に学校があれこれ言ってくれるな、みたいな感じだから、勉強だけやってればいいという考え方なんです。だから試験の点数が悪いとすぐ落第します。

とにかくうちの次男はブラジルですでに学校に適応してなかった。だから日本でこうやって生き延びてるだけでえらいと思っちゃうので、もうそれだけでありがたかったなと思うんです。彼にとって、学校はたいへんだったと思います。
　次男はいま大学生ですが、いまどきの若者なのに、携帯電話がいらないという。友だちもいるのかいないのか。サークルもやってないし、自転車で一時間かけて通っていて、電車に乗らない。変わってる。

よしもと　でも、一人暮らしはできてるんですね。

三砂　なんとかね。自炊もしているみたいですし。子どもたちがお母さんは自分たちのことが好きなんだというのさえわかっていればいいと思って育てたので、その他はまあいいやと思っているところがあります。
　私には全然気を使ってくれない。母の日とかいつもスルー、誕生日も自分で言わないと何もくれない。お願いだから二人の写真を撮って、それを私に誕生日プレゼントにちょうだいと言うんだけど、去年まで数年やってくれたけど、今年はそれもくれなかったし。母親の機嫌をとらなくてもいいと思っているだろうな。それはいいことですよね、きっと。

よしもと　いいです。心ゆるしてる。

三砂　いままで子どもに言われて、本当にうれしかったなと思うのは、次男が中学校にはいったぐらいの時、「ママ、子育ての間に時々お仕事してたんだよね」と言われたことかな。いま言ってくれるかどうかわからないけど。ドタバタ仕事をしてたんだけど、子どもが合間に仕事してた、くらいに思ってくれていたのはありがたかった。

よしもと　うん、そういうイメージがあるんですね。

三砂　家で仕事していて、子どもを邪魔そうにすることはやらないようしよう、と思ってたというか、別に邪魔されている、とも思わなかった。ばななさんもお父さんにいつ声かけても邪険にされたことない、とどこかに書いてらっしゃいましたね。

よしもと　そうですね。邪魔するな、みたいなのはなかったんですね。最近になって祖父の出身地である天草に行ったら、ああ、なんかわかる気がすると思いました。大勢いるから人には邪魔されて当然という感じ。個室もないし、玄関も開けっ放しというようなお家が多かった、ああ、こういう感じかあと思って。

三砂　お家でお仕事をしてらしたお父さんは、いつ話しかけてもいいって感じだったんですか。

よしもと　そうですね。あんまり気を使いましょう、みたいな雰囲気はなかったです。だいたい仕事部屋の戸が開いてたし。戸がなかったような印象さえします。

うちも同じです。そういうものだと思ってるから、全然気にしないで子どもは入ってきますよ。勝手に何行か書いたりとか（笑）。でも、私は平気で、うるさいとか言います。

そこはあんまり意識していません。

三砂　私のいまのつれあいは一一歳上だから、吉本隆明さんの『擬制の終焉』などが本棚に並んでいる世代なんだけど、私はもう少し下の世代なので、リアルタイムで熱烈に読んでいたわけではない。むしろ二〇〇〇年の終わりに日本に帰ってきてから、吉本さんが、家族とか子どものことについていろいろ書いていらっしゃることについて、心から共感してあらためていろいろ読みなおしました。吉本隆明さんが『文藝春秋』に書かれた「いじめ自殺　あえて親に問う」という論考には、学校だとか、教育委員会だとか、教師の対応ということではなくて、いじめと親のあり方について書かれていた。

いじめられて自殺する子も、いじめっ子も、例外なく「問題児」だと思うからです。

（中略）どちらも同じように、心が傷ついて育った子どもです。

では、誰が子どもを傷つけたか、結局のところ、「親の育て方が悪いんだ」というしかないと思います。

「親の育て方が悪い」というのは、子どもを厳しく叱りすぎたとか、逆に冷たく放っておいたとか、親のなんらかの言動が悪い、という意味ではありません。そうではなく、子どもが育つ過程で、親との関係性によって傷つけられるのです。

僕の持論では、一歳までに、母親が子どもにどう接したかで、その子の人格形成の核の部分は決まります。赤ん坊は、感覚器ができあがってくる胎児期の終わりから、授乳されている一歳くらいまでは、母親の無意識からおおきな影響を受けるものだからです。

（中略）その時期に、母親が安定した精神状態にないと、この世に生まれてきたことに安心感が持てないまま育つことになる。

これが、「傷ついた子ども」と僕が言う意味です。

なにも母親のせいだけではありません。ちょうどそのころ夫と仲が悪かったとか、経済的な事情でパートに出て、両親とも子どもをかまえなかったりとか、母親を不安定にさせる状況が背後にある。あるいは、仕事をもつ女性の「子どもの世話なんかしていたら一年間ブランクができてしまう」という焦りも、乳児の心に刷り込まれていくかもしれません。さまざまな家庭や社会の事情が、母親を不幸にしている。親も傷ついているのです。

つまり、傷ついた親が子どもを育てるから、子どもの心も傷つく。（中略）

「親の育て方が悪い」といっても、親だけが悪いとは言えません。悪い親だから子どもをかまわないのではない。かまえなかった理由はそれぞれにあるし、それは仕方がない。

子どもにとって「親は宿命」なんです。（「いじめ自殺あえて親に問う」二〇〇七年）

こういうことを書くことができるのは吉本隆明だけだ、と思いました。

よしもと　そうですね、一歳から三歳までどう育てたのかという親の責任が全てだっていつも言っていました。

三砂　この文章はすばらしい仕事をなさっている新生児科のドクターが、自分でＰＤＦ

ファイルにして、お産関係者のメーリングリストに流してました。「自分たちのやっていることはここを支える仕事なんだ」ということで。社会科学、人文科学の分野では、「母性」はない、とか、三歳まで親が子どものそばにいなければならないというのは神話に過ぎない、とかいわれていますけど、実際に日々、お産に立ち会ったり、新生児をみたり、乳児の発達を臨床の現場でみたりしている人にとっては、吉本隆明さんがお書きになっている「三歳までに親がどうかかわるか、ということが大切だ」というのは、もう、ひしひしと感じられる実感なのです。

酷な言い方かもしれないが、子どもが自殺するということは親の代理死なんだと書いておられた。子どもというのは生まれてから三歳ぐらいで基本の形が決まってしまうので、そこで安定感みたいなのが得られなかったら、最後に自殺するかしないかの時に踏みとどまることができないのではないか。こういうことは誰も書けないなと思いました。吉本さんご自身も子どもの親だから、いつ何があるかわからない。子どもに自殺された親御さんの気持ちもわかる。だれも、子どもの親だから、自信ないものです。そういうことも地続きだとわかったうえで、自分のことを考えてみると、子どもが小さい時は両親でがんばったような気がするけど、五五点ぐらいかなとか書いてありました。いまは娘は二人とも、漫画家と作家で独立していて、自殺はしていない。でも老境には達してないから、男性問題とか起こすかもしれなくて、そうだとしたら自分が責任を取る気はあると書いてあった。すごいな、と思って読んだのを覚えてます。

よしもと　まあうちは問題はいろいろありましたから（笑）、すごく素敵な家庭ではなかったと思いますけれども、心をこめて育ててもらった感じです。

【1】マリオ・バルガス・リョサは一九三六年生まれのラテンアメリカを代表する作家・ジャーナリスト。ペルーの南部生まれ。代表作に『都会と犬ども』『緑の家』『世界終末戦争』など。

母のすごさ

三砂　ばななさんは今年（二〇一二年）、お父様とつづけてお母様を亡くされました。お母様は亡くなられる前、ずっと体調を崩されていたのですか。

よしもと　母は骨折は三回ぐらいしてるんです。そのたびに弱るということはなかったんですが、今年に入って退院してきてから、大好きなお酒もたばこも楽しまなくなって、生きてて楽しいことがないんじゃないかなという感じがしだしました。そう思ってからは短かったので、自分で帳尻を合わせていったんだなって感じますね。前は寝たきりでも煙草とお酒を思う存分やったんですよね。それである時から煙草もお酒もいらないわとなったあたりから早かったです。やっぱり人間は楽しいことがないと生きていられないんだなという確信をますます強めました。

三砂　私の父は歩くのが好きで、トレーニングウェアを着て毎朝歩いて、社交ダンスもしてました。それが、できなくなった。出て行ったら、どうやって帰っていいかわからなくなった。典型的ですけどね。それから歩くということに自分で自信がもてなくなってしまった。歩けなくなったら、そこからは早かったです。

よしもと　人間だから死にたくないけれども、動物として、長生きすればなんでもいいのかというと違う気がしませんか。

三砂　月並みな言い方だけど、体が動いて、ちゃんと好きなことができて、それで長く生きられたら最高だけど、どこかで諦めるというような感じになると、生きているのがつらいですね。最近なかなか死なせてもらえないし。

よしもと　タイミングがむずかしいです。父はものすごく不器用だったんで、死ぬ時も不器用な感じでしたね。全体的に悪いほう、悪いほうに行くタイプっているでしょう。調和できない、流れに乗れない。そうするとちょっと時間がずれて、がまんしてこじらせたり、いいタイミングで病院に入れない、そういうの宝庫みたいな人生だったので、死ぬ時もそのままでした。でも、宝庫なのにがんばるので、それはすごく勉強になった。

三砂　そうですか。生きてきたようにしか死ねないよね。誰を見ていてもそう思う。そうであると同時に、理不尽に死んでしまうこともある。でも最後までがんばる。すごいなあ。

よしもと　うちの母というのは、とにかく常に欲しいという人だったんです。与えるという感覚はゼロに近い。人に何かをしてあげるとか、自分をなくして何かをするとか、世話をするとか、そういうのが一切ない人だったんです。

三砂　その世代の女性では珍しいですね。

よしもと　その素直さはラテンの国の人みたいな感じだと思います。だけど、やっぱりここは日本だから、人からいろいろな形で責められるわけで罪悪感だけはあるんです。本来だと、どういうところにいるタイプかというと、比喩としてですが、財閥の末っ子みたいな人。末っ子でも、財閥でもなかったんですけど（笑）。お金持ちの人のところにお嫁に行って、皿とか一生洗わない、ゴミも捨てない。

三砂　女中がやってくれる。

よしもと　子どもも女中が育ててくれて、でも、私奥様だからいいでしょというところに行けばよかったのに、なぜか船大工と結婚してしまった（笑）。船大工の息子でも船大工のようなものだった。

三砂　自分は一切家事やらないで、女中にいろいろやってもらう人は、ラテンアメリカでは山ほどいました。

よしもと　日本だと罪悪感が出る時代だったんだと思います。あと貧乏人に嫁いだもんだから苦労しちゃった。

三砂　どういうふうに折り合いをつけてらしたんでしょうね。

よしもと　最後はお嬢様として帳尻をあわせてくるんだなって、母の最期をみて思いました。

三砂　お母さんは、お父さんとは違って、そういう流れに乗れる人だったということですか。

よしもと　美学があったんだと思うんですね。ウェブの日記にも書いたのですが、父が最後に入院していた時、マッサージすると、ぎゅーっと私の力を取っていくんですよ。よし、もらった、明日一日は生きる、みたいな感じの取っていき方で、諦めない。私は周りに沖縄で言うところのサーダカっていう、サイキックみたいな人がいっぱいいて、父をみてもらっていたんです。いよいよ最後のころになってきて、「お父さん、そう長くは持たないと思うから、みに来てくれなくていいよ、どう考えても無理だと思う」と、友だちのサイキックの人に連絡したら、「いや、お父さんは諦めてない。持つか持たないかはともかく、お父さんは諦めてないのにあんたが諦めちゃだめだ」って、言われて、えーっ、まだ諦めてないの？ と驚いたんです。周りが全員諦めてたし、お医者さんも退院はできないと言っていた。彼女はすぐ死ぬという人はもっときれいな顔をしてると言うんですよ。この世にいない、すーっと白くて透き通った顔をしてるけど、お父さんはそういう顔をしていないからまだ諦めてないと。説得力あるなあと思って。

母は、この夏に私が見に行った時に、脱水して汗かいてて、どんどん水と共に命が出て行ってる感じがしました。マッサージをしても、受けつけてくれないというのがわかるんです。もういいからって。口では痛いから「どうにかして」って言うんですよ。こんな時でもまだ「どうにかして」が出るとは、あっぱれだと思って、けっこう感心して見守ってたんです（笑）。部屋の温度を下げて、お水を飲ませて、でも、もう吸い込んでいかないんですよね。切り花を生けてると、ある時から水切りしても吸い込まなくなるでしょう。あの感じと同じでしたから、覚悟はしてたんです。でも夏からまた一回入院して退院して、家にいた。その入院してる時は、絶対いま死んでやるもんかと思ったんだと思うんですね。そういうところはすごく強い人でした。とてつもなく。

三砂　入院するといろいろ管につながれてしまいますからね。

よしもと　そうそう。退院する時もお医者様が、もしかすると微妙な状態だから、入院していますかと、聞いたらしいんですけれども、もう退院しますって、家に帰ってきました。タイプ的にプライドのある華族とか貴族とか、ああいう人たちのお嬢様の誇りみたいなものがあるから、病院にはいたくない。

三砂　へんなところは見せられないわ、という感じ。きれいに死にたい、と。

よしもと　最後のほうはおしめだし、寝たきりだし、あんまりきれいな状態じゃなかったから、こんなふうに気にしなくなっちゃうのかと思いましたけど、もっと大きい意味でちゃんと全うしたんだと思って。それを見たら、感心しました。これまでのいろいろな気持ちが帳消しになりました。もうこれでいいんだ、と。あっぱれだなあって。

三砂　おしゃれな人だったんですか。

よしもと　そうなんですよ。おしゃれで、身ぎれい、ちょっと度を超した清潔好き。父は、できれば全員雑魚寝というのが幸せみたいな家庭に育っている上に、それが理想だったので、お互いすごくつらかったと思います。

三砂　そこではお母さんは帳尻合わせはしなかったんですね。

よしもと　合わせなかったんだと思います、最後まで（笑）。

三砂　それもすごいよね。

よしもと　だから常に戦争。

三砂　ばななさんの小説は、どれも、エキセントリックな親をサバイブする物語ですよね。

よしもと　そうなんです。ちょっと変えて書いてますけど、ある部分では実体験なんです。友だちもそういう人が多い。

三砂　お二人のサイクルが違うわけでしょう。

よしもと　ねえ。フレンチブルドッグとゴールデンレトリバーをいっしょに飼ってるような無理がある。

三砂　でも、それをがんばったわけですよね。共幻想を生ききる。

よしもと　全うしましたもんね。

三砂　何を美しいと思ってるか、ということが、お父さんとお母さんでは違うわけですね。

よしもと　でも、美輪明宏が嫌いというところだけ共通してた（笑）。私悪くて、美輪さんにお目にかかれない。呼ばれることがあるんですけど、楽屋にどうぞ、なんておっしゃっていたのに行けませんでした！　すべてにおいて違った両親がたった一つ折り合った点は、美輪明宏が嫌いという（笑）。

三砂　若い頃からですか。

よしもと　「ヨイトマケの唄」とかぞっとするとか言って（笑）。私は美輪明宏が好きだから、なんで、なんでって聞くんですけど。

三砂　お父さんはヨイトマケとかそんなにきらいではなさそうな感じが……。

よしもと　なんだか二人ともすごく嫌ってました……。大恋愛の末に結婚したと言われてますが、父は母の元旦那さんとすごく仲がよかったから、ずーっと自分の中に、男と男の友情は男女の恋愛に勝っているんじゃないかという気持ちを持ってたみたいで。その人との関係がなくて、果たして母とこうなっただろうかと思うらしく、それをまたベラベラしゃべるもんだから、母が怒って、とっても大変な家庭でした。いまだから言えますけど、生きてるうちはちょっとね。

三砂　それ、吉本隆明を少しでも読んだことがある人は、みんな知っているエピソードですよね。でも実生活でくり返されると、厳しいことかな。

基本のテーマは、宿命としてのタフな親をどうサバイブするか。子どもは生まれた時は、自分の環境がすべてだし、ある年齢まで、自分の世界を相対化できないですよね。よそと比べてうちは大変なんじゃないかとか、よそにはもっと楽な世界があるんじゃないかというこことはわからない。どのように相対化されていきましたか。

よしもと　基本的に母が家事をあんまりしないというのと、母が家事を呪ってるというのは特殊だなと思ってました。

三砂　それっていつ頃から気がつきました?

よしもと　ほかの友だちの家に行くようになってからですかね。で、私下町だったんで、隣の家のお母さんに預けられたりするような、ほのぼのした環境だったんです。ここんちのお母さんは世話好きなんだ、いいなあ、みたいな。

三砂　お母さんは家事をなさらないんですか。

よしもと　するんだけど、呪ってるんです。怒り狂いながらやってる。それが自分の中にも残ってて、びっくりしますね。

三砂　うちもちょっと似てるな。世代の病みたいなところがあるかもしれない。お母さまはもちろん貴族のお嬢さんタイプだから、それが強く出たかもしれないけれど、私の母もすべての家事と、自分の与えられた境遇について、いろいろ文句があったんですよね。

よしもと　世代はあるかもしれないですね。うちにも洗濯機を買ってよ、みたいな世代ですよね。

三砂　家事というものは、手を抜ければ抜けるほど……

よしもと　喜ばしいみたいな。

三砂　やるべき価値のあることじゃない、と。自分の親たちの苦労もつぶさにみていますからねえ。そこから派生して、女は別に結婚しなくてもいいのよとか、子どもを生まなくてもいいのよとか。

よしもと　その道筋は容易に想像できますよ。母は私たちの思想性にちょっと影をあるいは光を投げかけてるかもしれないですね。普通に家事をするうっとうしいお母さんがいたら、いまのような考えは確立できなかったかもしれません。

三砂　そうですね。フェミニズムは、母の世代にはすごい追い風だったと思う。もう一つ上の世代、私たちの祖母の世代というのは、そういうことをなんの文句も言わずに黙々とやった。私の母の母にあたる人は家事全般に極端に有能な人だったんです。ゼンマイを採りに行って、味噌も作って、着物も縫いなおして、子どももたくさん育てて、二つ山越えてお産の手伝いに行って、畑仕事もやって、それでもまだ元気が余っているというような人でした。その頃はみんなそうだったのかな。その娘である母は、畑仕事も呪っている。私のまわりの、エコロジカル系の人々は、田舎に行って土に触れたりとか、大地と共に生きるということに憧れをもっていたりしますが、母は畑の草取りなんて一生やりたくない、と、日本の農家のお母さんたちがやってきたことを全否定するようなことを言いますね。

よしもと　やっぱり日本全体に急激な変化が起こりすぎたんでしょうね。その間で翻弄された女性たちというか。

三砂　ばななさんのお母さんは家事を忌避して何をなさるのがお好きだったんですか。

よしもと　なんか浮かれ暮らす感じ（笑）。人に会って、文化を楽しんで、そういう楽しいことが好きみたいな。詳しくはわからないのですが、祖父は学術系とか教材の編集をしてたらしいですね。早くに亡くなってしまったそうですが。

三砂　学術系、学問系という意味ではお父さんと結婚されたんだから、外れてるわけではないようにみえます。

よしもと　いや、すごい外れてたんだと思います。あの人は本当に船大工のような人だったから。買い食いばっかりしているし。一言で言うと、基本生活のレベルが違ったみたいで。

三砂　身も蓋もない言い方。

よしもと　はい。でも、お金の話は大事ですよね。お手伝いさん雇うという発想は父にはないわけですから。

三砂　特に戦後ですが、日本には階級がないかのように言われていますが、生活のレベル、生活のしかたということにおいては、明らかな差がありますよね。

よしもと　父の家は、もともとはお金持ちの造船所の家だったのが、夜逃げして東京に来た状況を味わっているわけですから、生活には相当な違いがあったと思います。かといって、母が父方の実家と仲が悪かったかというと、そんなことはまったくなく、お互い江戸っ子だね、みたいなところで丸くおさまってました。

三砂　江戸っ子と美輪明宏が嫌いだというところで。

よしもと　あと、松江のぼてぼて茶。ご飯や椎茸やお漬物やいろんなものをがーっと混ぜて、泡立てて飲むお茶。あれが死ぬほどイヤだという、その三点だけでつながってました（笑）。

三砂　幻想ではない現実においてはその三点に収束できた。

よしもと　ある意味一生恋愛をしてたと言えるのかもしれないので、幸せなことですよね。

三砂　そういう中でばななさんは育ってきた。それが作品のテーマとなっている。

よしもと　そうです。私はけっこう家事をやるんですけど、自分の中でも家事を呪ってるのか、ムリヤリに好きなのか、本当にわからないところがあって、母を反面教師にしすぎてしまったのかなと思うこともあります。

三砂　私はブラジルにいた一〇年間は、お手伝いさんのいる生活をしたので、日本に帰ってきて家事をすると、自分でやることのよさみたいなものもすごくわかるようになりました。

よしもと　ああ、好きなようにやっていいわけですもんね。

三砂　そう。ブラジルでは、いいか悪いかは別にして、いわゆる中流家庭にはお手伝いさんがいる。うちにもお掃除とか料理をしてくれるお手伝いさんがいました。ブラジルでは昼が正餐なんです。家人だけでなくお客さんも来て、二時間ぐらいかけて食べる。いつも一〇人分ぐらい食事の用意をする。食事の内容をお手伝いさんに任せておくと、ワンパターンになってしまうので、朝には自分でメニューを決め、料理の指示を出していくんです。昔の商家の女将さんは、こういう仕事をしていたんですかね。家で働いてくれている人が何人もいて、人事管理みたいなことをするんです。

日本に帰ってきて、母にあんたはブラジルでなんでもやってもらってたから、日本ではなんでもやんなきゃいけないから大変でしょうと言われて、いや、お母さん、そんなことない。なんでも自分でやっていいのはかえって気が楽なんだよって言ったんです。ブラジルでは家の中でも、いい加減な恰好とかできなかったですね。奥様だから、朝起きたらちゃんとしていないと示しがつかない、といいますか……。

よしもと　なめられちゃう。

三砂　家でもマネージメントしなくちゃならないから、大変でした。いまは家の中がぐちゃぐちゃでも、料理に手を抜いても、私の世界だから、怠けてていいわけですよね。化粧をしてなくても、ずるずるしてても、子どもと家族だけのプライベートな空間というものが日本に来てから出現して、そこはラクなんです。

日本だとお母さんが家を回すのが、愛情表現みたいなもの、人の世話をするのが母親の愛情の表し方みたいなところがある。でもブラジルみたいに家事、育児をアウトソーシングすると、母親と妻の役割は、ピュアな愛情関係みたいなものしか残らないんですよ。

よしもと　ベストな形のひとつのパターンですよね。

三砂　だから幻想を生ききって、愛情を注ぐところだけが母親、妻としての役割みたいに思うと、日本人にはなかなかできないんじゃないかなとも思う。おいしいものを作ってあげるとか、身の回りを整えてあげるということで、なんとなく愛情をごまかしていける、というと言い過ぎですが、表していけるところはあるんじゃないか。愛情関係という幻想だけで、夫と向き合うとか、子どもと向き合うことは、けっこうタフなんじゃないかなと、日本に帰ってきて逆に思ったりした。

よしもと　なるほどねえ。

三砂　ブラジルでは毎日、毎日、愛してるって言わなきゃいけない。子どもたちもそういうすごく濃密な愛情関係みたいなものの中で育つの。だから別に家事をしてなくても、あんまり細かいところまで子どもの面倒を見てなくても、罪の意識も感じなかったし、母親だからそういうことをやらなきゃいけないというふうにも思わなくて、母親と子どもとの純粋な愛情関係でつながるという感じだったんだけど、日本に帰ってくると、家事とか育児とか細かいことが待っている。

よしもと　日本の場合は経済活動が歪んだ形で入ってくるからじゃないんですかね。たとえばお手伝いさんを雇おうとすると、お手伝いさんクラブみたいなものがあって、そこから適当に派遣されてくる、まあそれでいいよね、みたいな感じのシステムじゃなくて、もっと緻密なシステムになってしまっている。もうちょっとお金を払ったらいい人が来るとか、もうちょっとお金払ったら毎回同じ人が来るとか、なんかすごーく絶妙に練り上げられたお金のかかり方だし、少し非人間的な決まりごともある。

育児でいうと、幼稚園に行く前に行く塾みたいなところに入れようという話になってくる。結局お金の話がほかの諸国に比べて曖昧になってる分、生活に入りこみやすい。私は子どもを育ててたらそう感じました。愛情だけでいられないというか。

三砂　すぐ、お金の問題になってしまうわけですね。

よしもと　でも日本のお母さんはいつもきれいにして家にいて、困った時はなんでも相談に乗ってくれるし、最高だ、というような話は近隣の国からも聞こえてくる。

三砂　そうなのよね。お母さんってべつに世話しなくてもお母さんはお母さんですよね。

よしもと　母親像は、ある程度作られたものだから、それに反発してるのか、どちらもどちらで、ちょっとわからないですね。ただ、家事をしている面影でほのかに愛を感じる、愛を口にしなくてもよい、というのは日本的ですね。

男性的、女性的

よしもと　すごく一般論っぽいんですけど、日本の男の人は、ほかの国の人と違いますよね。基本的に奥さんにきれいでいてほしいと思ってないんですよね。なるべくみすぼらしく、ほかの男の人の目のとまらないで家の中にいてほしいというのが本音だという人さえいます。でも、ほかの国に行くと、男の人は奥さんにきれいで、楽しそうで、ほかの人からも人気があるような状態にあってほしいという願望がある。

三砂　確かにね。日本の男の人って何を見てるのかなあ。

よしもと　やっぱり「お母さん2《ツー》」ですね。お母さんだってべつにきれいで、みすぼらしくないほうがいいんじゃないのっていうふうに女性側は思うんだけど。

三砂　自分の身の回りの世話をしてくれて、自分をあるがままで受け止めてくれる、そんな感じですかね。

よしもと　で、昭和のある程度の段階までは、男の人も男の人として機能してたから、要するに家に賊が入ってきたら戦うよ、という意味での、男、お父さんがいた。帰ってこないけれども、いるよねって。いまはその変なところだけ残っちゃったなという印象が私はある。

三砂　つまり、女性に「お母さん2」を求める、というところだけが残っちゃった、ということですね。男として機能しているイメージのお父さんって、団塊の世代でなくなったのかな。いざという時には、俺が家族を守る、というような父親像はダサイと。女の人もそう言ったしね。男だからって、責任を取らなくていいというようになりました。

夫は昭和二二（一九四七）年生まれで、典型的な団塊の世代です.男女平等が理念だから、ありがたいことに、女だからあれやれこれやれとは言わない。学生運動をやって、就職してからは組合活動もやってきて、闘ってきた人。でも家庭の中では自分が体をはって家族を守るとか、闘うとか、そういう感じはあまりしない。お金を稼いできて、自分だけが家族を支えるというのも古いと思っているみたい。いっしょに働いてワリカン、という感じです。戸籍上はいまは子どもたちの父親なんだけど、親になってうれしいという気もないし、興味もないという。私に女たるものはこうであれみたいなことは決して言わない。平等主義みたいなのは確かにある。

よしもと　私の世代も同じです。世代の持ってる病気みたいな感じがありますよね。

三砂　そう。日本以外の国では、男としての振る舞いみたいなものって、いくら男女平等が進んでも、いい意味で残っていますが、日本では平等となれば、いままでの男としての振る舞いはないほうがいい、ということになったわけです。

よしもと　そこを育てそびれちゃったのかなと思うんです。三砂さんの思想は、この時代の流れの中で女の人の肉体的なものも精神的なものも不自由になってきてるから、身体性に立ち戻ってみてもう一度考えてみようということが、ベースに流れていると思うんです。

私この間そのことを考えていて、フラのことを思ったんです。私が行っているフラスタジオは五〇〇人ぐらいいるんですけど、入ってきたばっかりの人と、一年いる人と顔が全然違うんです。踊りを見なくても、全体のムードで、始めたばっかりかずっとやってるかもわかる。フラを長くやっている人はとってもきれいで、かわいくて、楽しそうなんです。

フラは自然を表現している。女性らしさも踊りで表現してる。踊りというものは基本的にそういうもので、女性の肉体を使って、神や目の前の人に捧げるというような行為なんです。だから、ふんわりしてるんですよ。

三砂　ベリーダンスから八重山舞踊まで同じですね。

よしもと　で、フラのスタジオでは、やたらめったら、ハグをするんです。おはよう、じゃあねとか。

三砂　それはフラに組み込まれているもの。

よしもと　そうなんです。お誕生日にもハグする。お誕生日の人はボイドな、ゼロの状態だそうです。その日は霊的に迂闊な状態にあるんですって。ハワイではそうなんです。だからみんなおめでとうと言ってハグして、守ってあげる。変なものが入ってこないようにみんなの愛で満たさないと、その日はだめなんだと。

三砂　発想として、誕生日に生まれ変わって、一年で使い果たすみたいな感じですか。

よしもと　というよりも、誕生日の日に、自分を守ってくれる霊とかみんな抜けちゃうから、そこに変なものが入らないようにみんなで愛を入れてあげるということなんです。

三砂　じゃ、お母さんはその日はいっぱいハグしないとだめですね。

よしもと　そうです。おめでとうという言葉は、お祓いのための呪文なんです。さらに言うと女性の髪も切っちゃいけないんですよ。髪には霊力があって、変な人に手に入れられたら大変だから、フラの人は毛は長いんですって。

三砂　髪の毛のことはよくわかります。髪が長いと安心する。いざとなると身代わりにできる。たしか漫画だったと思うけど、ある女の人が捕らえられて自分の体の一部を身代わりに置いていけと言われて、髪を置いてくるんです。そうか、私も髪を長くしておこうと。

よしもと　意外にリソースは漫画（笑）。でもそれって本能的に一理あると思う。フラでは髪の毛のほかに、授かった名前も盗まれてはいけないものなんです。そういうプリミティブな教えがやっぱり女性たちを美しくするわけです。

三砂　ああ、フラの人たちにはフラ名があるんですか。

よしもと　あるんです。私は、カハナアロハ、愛の魔法、愛の仕事。仕事と言ってもワークのほうじゃなくて、ミラクルとか、マジックに近い単語なんですよ。

そういう文化をふまえてフラを見ていると、ぶっちゃけた話、やっぱり女の子はかわいいほうがいいなみたいな気持ちになるわけですよ。問答無用でこっちがいいという男の気持ちはわかるよなと思っちゃって。だからいまいちフェミニズムに乗り切れない。

フラでは初心者は体がかたくて、目つきもかたい。どんなに踊っても、奥から出てくる感じがしない。動きも直線的なんです。でも続けてるとだんだん本当にその人の中にあったものが出てくるようになるんです。

三砂　本当の女性性みたいなものですね。それを愛でてるわけよね。お名前をあげて、髪の毛も長くして、お花もつけて。

よしもと　でも昔の社会から出てきたものだから、多産とか豊穣とか、結論はそこに落ちついちゃうわけで、それを現代の人たちがどう捉えるかはまた別のことだと思います。ただ、フラをやってると結婚をしない人でも、なんか女性的になる。やっぱり体にはいいよなって、ただ無条件にそう思うんですね。

三砂　女性的なものって楽しいものね。男の人の中にも、べつにゲイじゃなくても、十分女性性というのはあると思います。それを自分で意識しながら暮らすというのは、それなりに楽しいものだと思うんですよね。逆に女の人の中にも男性性みたいなものもあるから、それを出して楽しいこともある。お仕事で闘って体がかたくなることもある。

よしもと　あんまり一生懸命働いてると、髭やすね毛が生えるって言いますもんね。

三砂　私たちがしゃべってることはポリティカリーコレクトじゃないですよね。それじゃ仕事しないほうがいいのかっていう話になってしまうので。

よしもと　しなくてもいい時もあると思う。あるいは仕事のしかたを変える。私は肉体を中心に考えてますから、心からそう思います。持って生まれた性別がこわれるほど働くのはいやです。

三砂　ほんとにそうですよね。私の勤め先は女性の社会的地位の向上を目指して、職業婦人を育ててきた大学だから、お嫁さんになりたいなんていう子は入学時から一人もいないんですね。いたとしても、周りに気押されて言えなくなる。でも働き方を考えないと、まあありていに言えば体がだめになりますよね。女性の体を持ってきて生まれてきてるから。でも働くなというんじゃなくて、働き方というものがあるだろうと言いたいんだけど、やっぱりなかなかそういうふうには理解されない。単なる保守反動ととられる。

よしもと　その考えも働く女性として痛いほどわかるので、むずかしいですね、だから身体性ということに寄ってるんだよというのを強く訴えていくのが一番伝わるかなと、私もいつも思うんです。

三砂　本能を発動する環境に自分を置くことの大切さを、ばななさんは小説でも訴えていると思うのですが。

よしもと　でも本能の発動がどういうことなのか、いろいろいじられすぎてわかんなくなっちゃう、特にずっと日本で育っていると。

三砂　私は、体をみていくと自ずと本能に導かれるようなしくみになってるよ、ということが言いたいのかもしれない。

よしもと　うん、そうですよね。体にとって何がいいのかというのは、短い時代の間に、粉ミルクが最高と言ってみたり、やっぱりだめだとか言ってみたり、一八〇度価値が変わることがある。ある説を信じてしまった人たちは、どうしたらいいんだろう。変えることができるフレキシブルな心があればいいのかな。

三砂　この五〇年にいろいろ変わってしまいました。

よしもと　そこで害されたのは人間の肉体です。みんな具合悪いですよね。

三砂　若い学生さんたちとつきあってるけど、具合悪い人が少なくない。鬱とか発達障害、甲状腺機能障害や、がんだった、という人も。でも、ほんとは二〇歳前後の女の人って、生き物としては……

よしもと　最高潮で、マックスの力を持ってる。

三砂　そのはずですよね。体にエネルギーがあふれていて当然の時期なのに、はっと気がついたら、たくさんの人が病気を抱えている。

よしもと　変なしわ寄せが若い人に行ってしまったのか。

三砂　私たちより一つ上の世代が家事を忌避して、呪い始めた時代。それまで女性が女性の役割として黙々とやってきたことは実は必要ないことだったんじゃないか、自分たちはその轍《てつ》を踏みたくない、と家事、子育てを呪いながら、「女も仕事をすることが大事だ、結婚しなくてもいい」と言って育てた娘が私たちの世代。母の願いを一身に受けて、しっかり勉強もして、いろいろな仕事にも就き始めたのが私たちの世代で、社会的評価を気にしながら子どもたちを育てたりした結果が、いまの若い人たちに凝縮されるとすると、どうしても問題は「母親」です。三代目になるともう体にきちゃうのかな。

よしもと　私最後に父と対談したんですよね。その時に、かなりもうボケてるんで、長くてわけがわからなかったんですけど、すごくがんばって要約してみたら、最後の言葉は、並びなきいい家庭を作るというのはすごい、すばらしい小説を書くのと何も違わない、ということだったんです。つまりおまえは家庭をちゃんと作れと言いたかったんだと思うんですよ。

三砂　そっちですか？

よしもと　そうなんですよ。

三砂　並ぶところのない立派な小説家、じゃなくて。

よしもと　心の中でそういうものもあったと思うんですけど、何よりもそういうことのほうがたいへんだし、すばらしいことなんだと、この歳になってみるとわかるんだと言ってました。漱石が幸せだったか、鷗外は幸せだったかって。誰がふらりと来ても、ああ、この家は感じいいなあと思うような家を作ることができたら、それはもうどんな芸術を作るよりもすばらしいことだから、そういうことを忘れないでということを言われました。

父が一番本を読んでた時代には、与謝野晶子とか高村光太郎の嫁・智恵子とか、その前の時代に現れた進歩的な女性がいっぱいいて、戦後にフェミニズムが盛んになっていった。自分もそのことについてそれなりに考えてみたと。いろんな芸術家が、各家庭で、私は家事をやらないわとか、ご飯作らないわとか、子どもを産んでも知らないわ、子どもなんて生まないわとか言って、いろいろトライしたけれども、基本的にはうまくいかなかったと思う。どうしてかというと、それは遺伝子の問題だからだって言ったんですよ。女の人は子どもの世話をしたり、ご飯を作ったり、なんとなく面倒見ちゃったりするのは、遺伝子の問題だから、精神では戦えないんだという結論に達したというようなことを言っていたんです。で、私はそれは一理あるなと思う。そこは抗えないというか、役割分担みたいなものは消えないんじゃないかと。まあ私たちがいつも体を基本として伝えていることですけれど、人類の遺伝子に組み込まれているというふうにとらえてしまうと確かにそうなんだなと思う。お手伝いさんがいるお母さんたちでも、人の面倒をみないわとは言ってないと思うんです。

三砂　お手伝いさんがいるからこそ、本質的なところだけをぐっとつかまなければならなくなりますからね。

女性性について

よしもと　いろいろ考えるとどういう生活スタイルをとるかじゃなくて、体、遺伝子に逆らわないということなのかなと思うんです。

三砂　人間が生まれて死ぬにはそういう遺伝子に組み込まれた女の力みたいなものが絶対要りますよね。

よしもと　どこかで何回も必要になってくると思います。

三砂　産む時はもちろん自分の体で産むんだから、やむなくというか、自然にというか、必要になる。そのあと子どもをみることになりますけれど、よしんば、母が育てられなかったとしても、別の特定の女の人の力みたいなものが必要だし。

それと老いていく時にも、女の力が必要なんだと、うちの父を見ていて思いました。父は一人暮らしをしていました。父は自分の母、私のおばあちゃんにあまりよく面倒をみてもらえなかった。そして私の母とも、私の妹ともうまく関係が作れなかった。父は母性的なものを自分の母から得られなかった人だから、それを母から得ようとして、不器用に得損ねた。他に得られるような女の人もどうも出てきてない。だから私が今頑張るしかないなと思っていたんです。

私は東京で父は関西で一人暮らしをしていて、介護保険のお世話になり始め、ケアマネージャーさん、ヘルパーさんとチームを組んで面倒をみてもらった。中年のお母さんたちで、ケアマネさんが地域バレーボールのキャプテンで、自分の選手をみんなヘルパーにして陣頭指揮とってるような体育会系のとってもいい方だったんです。

彼女とタッグを組みながら、ケアマネは男で十分なれるし、なってる人もいるし、職業としてもちろんやっていけますけど、父には自分の家で自分の暮らしをできるところまでやるにあたって、女の力が必要だったなあと思ったんです。人が老いて死んでいくには女の力がないと平和には死ねない、と思いました。女の力を遺伝子と言ってもいい。男の体じゃうまく相手に受けとめてもらえないところがあると思う。もちろん女性性の深い男性もいますけれども。

よしもと　母は最後はヘルパーさんを受け入れてましたけど、頭がはっきりしてる頃は他人が家に入ってくるなんて冗談じゃないと言ってましたね。しかも姉じゃないとダメでした。家族の中に相性のようなものがあって、私は末っ子だからみんなを中和する役で、喧嘩もよく仲裁してました。

　父と姉が衝突しやすいんです。たとえば父は、おまえはこうだと言って決めつけてくる。「おまえは共産党だ」とか言うんです。地方の共産党的なものが父にとって、心の中の最終的な敵だったみたいで。「おまえ入ってるだろう」って、姉にも、姉の男友だちにも私にも言ってた。「お父さん、私はね、共産党を誰が作ったかも知らないんだよ」って（笑）。私が言うと「そうか」ってなって楽しくなるんですけど、姉は「そんなことはない」と戦うんですよ。それが姉の誠実だった。父に関して、私はただ得意だった。でも、母とはぶつかりやすかったんですよ。だから家族の中にも当然相性というのはあると思います。

　母は私が連れていくマッサージの人などをみんないやだと言うんです。娘ならいいけど人に体を触られるのは大嫌いと。フーレセラピー[1]の人にいらしてもらったら、なんで私はこの歳になって人に足で体を踏まれなきゃいけないんだって（笑）。その通りでございますと思いました。私だったら、せっかく来てくれたのだから、一回受けてみようかとなるんですが、なんでお母さん、いつもこうなのかなとその時は思いました。でも結果的に、私のようでなかったことが母の天寿をよく全うさせたんですよね。

三砂　地方の共産党が最終の敵。なるほどねえ。双方、自分のスタイルは守り通したということですよね。

よしもと　母は病院でも、動かす時とか、痛い、痛いって大騒ぎするんですよ、看護師さんたちもだんだんムカついてきちゃって（笑）。なんで命を握られてるところで機嫌を悪くさせるんだろうと私は思うわけですよ。でも騒いで嫌がられたから退院できたので、あながち間違ってないなと、自分の道徳で人を裁いちゃいけないなとますます私は思いましたね。で、自分は自分の温厚さをいいと思っていたけれども、果たして自分の命を考える時に、これでいいのか、母は正しいのではないか？と自問自答しました。

三砂　生存のストラテジーとしてそっちのほうが正しいのよね。

よしもと　父は父でつながれた管を全部抜くんです。生きようとしてたからだと思うんですけど。返って傷になるだろうと思うくらい入れたら抜く。戦う人としての一生だったんだなと思いました。

三砂　お父さんとお母さんはベクトルは違うけれど、両方病院でのふるまいはあっぱれです。

よしもと　病院が嫌だったということも、美輪明宏といっしょで一致してました（笑）。

三砂　うちの父は病院でおとなしいので、かえって退院させにくかった。

よしもと　うまくいってるからいいじゃないですか、ということになっちゃう。自分の望みがどこにあるかは、本当にまじめに考えとかなきゃだめだなって思いました。

三砂　看護師さんの苦労もわかりますが。

よしもと　ねえ、夜中に起きて、よく知らない人をひっくり返したり怒られたりしてね。

三砂　従順なのがいいわけではない。決して。

よしもと　命に関しては、譲れない線を自分でわかってないと大変なことになっちゃう、それは勉強になりました。

三砂　お母さんはそういう意味では本当に芯が通ってますね。

よしもと　その側面だけは人には好かれませんから、間に入るのは大変でした。そういう親の子どもだと人に好かれたいと思うようになっちゃうから、それもまた問題で、人生はほんと調整ですね。

三砂　「先祖を大切にしましょう」というのはある意味、科学的な話だと思うんですよ。祖先がつくった環境で育ってくるから、その人ができあがってくる。

父は父の両親の、母は母の両親のつくった環境のたまものなんですから。その両親もまったく不完全な人たちで、その時代の制約と、本人の人間的制限のもとに育ってきている。親がその子を育てるにあたって、その子につけてしまった歪み、こんな親だからいい子になろうと思ったとか、こんな親だから反抗しようと思ったとか、いろいろあると思うのですが、その歪みと、その時代が要求してくる歪みみたいなもので、その人ができあがってくる。そういう人同士がいっしょになって、また子どもが育つ。それぞれの人がそれぞれの時代で、調整しようとする。できないけど。そう思うと、先祖の話は大変科学的な、サイエンティフィックなことだと思う。

よしもと　そうですよね。カルマの理論なんてもはや数学的ですよね。

三砂　人類がずーっとつながってきて、やっぱりその果てに私たちがいるわけだから、自分が本質的な命からどれだけ歪んでいたのか、その歪みを直せなくても意識できたら、いくばくか次の世代に残すものがましになるんじゃないかと。

そう思って子どもを育てているけど、でも、必ず親としてやると失敗するんですよね。きっと子どもから見たら、極端なやつだって思ってるだろうなと思うので、親って次の世代には許されるしかないんだなって思います。一生懸命やっていくつもりなんだけど、子どもにとっていいかどうかはわからないから。

よしもと　あと遺伝子は常に反対のものを欲しがるじゃないですか。だから自分とは違う種類の相手を必ず選び出して、多様性をキープしようとするわけだから、そもそも違いが大きい。恋愛なんかしていっしょになったら、それは合うわけないですよね。だから昔みたいに、お父さん帰ってこない系のほうがたぶん人間は楽。一日じゅう農園にいるのがお父さんだみたいなね。

三砂　いっしょに子育てしよう、とか、厳しい話ですよね。反対の遺伝子をもっているから選んだのであろう人と、ね。

よしもと　ある部分では無理だと思います。こう言ったら語弊があって、いろんなところから文句言われるのはわかってるけど、でも基本的に無理です。だって機能にないんだもん。全自動洗濯機の乾燥機能がないのに、乾燥させろと言ったってできない、そういうようなものだから。男の人は、子どもを背中で見てるみたいなのはできないですよね。見ててと言ったら、じっと見てるか、ゼロかどっちかですよね。だからもちろんできなくはない。ただ、向いていない。

三砂　そうそう。ブラジルから帰ってきて、東京に住んだ時、私は仕事に行かなくてはならないから、退職していたうちの父に小学生の子どもたちをみてもらっていたことがあるんです。「子どもをみてててね」と言って。父は、子どもが学校から帰ってくるとでかけるらしいんですよ。

よしもと　うん、もう見たと（笑）。見たから大丈夫だと。

三砂　そう。子どもが帰ってきて、子どもを見たら、父は買物にでかけたりしているらしい。お父さん、あのさ、子どもが帰ってきてみててほしいというのは、大人の目があるところに子どもにいてほしいということなんだけど、と言ったら、子どもが学校行ってる間に学校でなんかあったら困るから、子どもが学校に行ってる間は家でずっと留守番してた、というわけ。みてというのは、そばにいて世話をして、生存確認をしてもらいたいということが通じてない。母親というか、女だったら、きっとわかりますよね。

よしもと　多少やる気がなくてもわかるはず。男の人は適度にみるということができないの。赤ちゃんの時は、たぶんみててと言ってても大変なんじゃないかと。いっしょに遊ぶ年齢になると、怪我しようがなんだろうがいっしょに遊んじゃう。赤ちゃんをもしみててと言ったら、全てをささげちゃうか、みないで別のことを実はやってるかどっちかになりやすい。

三砂　生まれたてで、ふにゃふにゃしてる時は無理かな。やっぱり三歳ぐらいまでというのは。

よしもと　基本的にはお母さんじゃないとだめです。気持ちの問題じゃなくて、機能だと思えば、このエアコンは除湿はついてないな、そういうのと本当に同じと捉えれば、わりとみんな気軽に生きていけるような気もしますけれどもね。

三砂　それが遺伝子という話なんですね。

よしもと　人間は体がある限りそこから逃れられないですもんね。

三砂　体というのは、最終的な制約ですよね。近代はどんどん人間が自由になっていって、いろんな制約がないほうがいいって、そのことに関しては誰も反対できないようになってるけど。

よしもと　まあ職業も選べるし、すごくありがたい時代ですけどね。

三砂　好きなことができるし、お金さえあったらどんな身分に生まれようが、帝国ホテルでもどこでも行くことができる。自由になるのはいいんだけど、でも、すべてが自由になれない。すべての価値を外すことができない。それは体を持って生まれているからで、いい古された言葉だけれども、制約の中を生ききるのが本当の自由なんでしょう。

よしもと　私たちには限りがあるし、どんどん死んでいくし。

三砂　その制約があたかもないかのように振る舞ったり、振る舞うのをよしとしたりすることによる歪みみたいなものがいまの若い人に出てるんだなって思います。体までも外してもいい制約、とあつかったことの歪みだったような気がしてきた。

よしもと　引きこもり的なものもそうですよね。体のことをまず無視してますもんね。体をないものとして暮らしていくという考え方ですもんね。とにかく若い人たちはいろんな洗脳から解かれて自分の体を生かしてほしいなと、本当にそう思います。

【1】フーレセラピー　足の裏で踏んで行うマッサージ。

私を好きになる

三砂　いくら社会が変わっても、時代が変わっても、母親が守ってくれれば、自分の体ぐらいは大切にして生きていけるんじゃないかと思うんですが。

よしもと　母からは、そういう形で守ってもらった記憶がゼロなんですよね。私は心の中で随分長い間、お母さんというのは家事をして、なんとなく世話してくれないと困るから、あのお母さんはだめなんじゃないかと思ってたんです。だからずいぶん長い間恨みに思ってたんですけど、最終的には、ただいるだけでいいというふうに思いましたよ。人間ってい るだけでいいんだという、もっと大きな括りになって、よかったなと思いました。

三砂　世話をするとかしないとかは瑣末事であった、と。

よしもと　してもしなくてもいっしょだと。母というものはいればいいんだ。いるだけで受けとめている。

三砂　小さい子っていろいろできないことがありますよね、学校のことも含めて。

よしもと　体が弱くてしんどかったのでしょう、怒り狂いながらやってくれるんですよ。ご機嫌な姿を見たことはゼロでしたね。やがて本当に体が壊れて入院したりするようになって、それで徐々に家事から遠ざかってきました。母のぜんそくがひどかった頃はご飯は全部父が作ってました。

三砂　お母さんの怒りはお父さんにはいかなかったんですか。

よしもと　もちろんいきましたよ。でも、そうすると、お父さんが家事をやるもんだから、何も言えなくなっちゃいますよね。俺もやらない。じゃあ、お手伝いさん雇おうとなればいいけど、じゃ、しょうがないからふつうに俺がやるわとやられたら、ますます罪悪感を持つようになる。なんかもう悪循環でした。

何もしなくてよくて、何も考えなくていいし、いるだけでいいという、すばらしい天地を母は目指していて、最終的にはそうなったと思うんです。家族がいてよかったなとはもちろん思ってたと思うし、娘がいてよかったとよく言ってました。二人ともいい子でよかったと。そりゃよかったねと思いますよ（笑）。「お母さんはいるだけでいいんでしょう」って言うから、はい、はい、そうです、そうですと言ってたんですけど、ほんとその通りになった（笑）。そういう個性的な母だから、子どもたちはあえて自由になれてるんですね。

三砂　それはありますね。

よしもと　私はいま家事をしていて、家族に恩を売ってるなと思う時ありますもん。いないと困るだろうって。いざと言う時に、この長い間蓄積した恩が彼らの肉体の中で何か悪い作用を及ぼしそうないやな予感さえしますもん。裏切るの悪いなと思わせるのは、この蓄積された食事、そして家事なんじゃないかと。なるほどね、どっちもどっちだよなと。そういう恩がなければ、ないから自由じゃないですか。

三砂　恩ね……。売ってるなあ、私も。若い女の人たちで、自分と母親との関係に問題があると言ってる人は山ほどいる。その問題があると言ってるのには二方向あって、一方向は親が非常に管理的な親。何から何までやってくれるけど、自分の学歴、職歴、つきあう人までコントロールしようとする。下宿しても毎日お母さんに電話しなきゃいけない、メールしなきゃいけない、報告しなきゃいけない。「毎日しなくていいんじゃないの」と言ったら、先生に毎日しなくてもいいと言われましたってお母さんにメール書いてる。

もう一つは、母親らしい愛情を注いでもらえなかった、お母さんが勝手なことをやってて、自分のことをよくみてくれなかったというようなパターン。つまり世話をされない寂しさみたいなものです。管理することと足りないことと、それが愛情なのかどうかわかりませんけど、二つの方向があるなと思うんです。

よしもと　母は一方で管理も相当しようとしましたが、私は絶対負けませんでした。そんな服を着るもんじゃない、家のそばに引越しなさいなどと、もう猛烈でした。でも全部無視しましたよ。でもそれで根本が歪むことはなかった。

三砂　どっちかだとすると、管理されすぎのほうが厳しいですよね。

よしもと　ああ、それもつらいですよね。自分がわからなくなってしまう。何ができるか、何をしたいのか。

三砂　足りなかったとか、お母さんにもっとこういうことをして欲しかったのにって思ってる人のほうが立ち直りが早いと思うんですよ。母として迷うことってあるじゃないですか。これって子どもに言ったほうがいいのかな、言わないほうがいいのかなと。私は迷う時は絶対言わないほうがいいと思うんです。

自分でもそう思うようになったし、若い人にもそう言うようにしてるんです。迷うんだったらやらないほうがいいし、言わないほうがいい。やらないことで、その子どもがなんらかのすごい失敗をしても、それはその子がぶつかって、ほかの人が直してくれると思う。お母さんにうるさいことを言われて、子どもがつらいなと思うよりいいと思うんです。でも子育てに関しては、絶対自分が引けないところってあるじゃないですか。子どもの安全を守るためのことでもあるし、自分の信条の場合もある。その時は、こうじゃなきゃいけないというのは子どもに言ってもいいし、やってもいいけど、迷うんだったら絶対手を出さない、口を出さないほうが子どもにとっていいんじゃないかと思うに至った。そうすると、結果として仕事が減るので楽だなって感じですよね。

よしもと　そうですよね。加減が必要ですよね。いい加減というのもまた女性性の大きな特徴だと思うんです。

三砂　でも、ばななさんのお母さんすごいね。世話をしないけど、口は出す。さすがです。

よしもと　あれだけ管理しようとされなければ私もあんなに跳ね返そうと思ってがんばらなかったと思う。跳ね返していくべきものですよ。自分は何をしたいのか、どうありたいのか、どういう肉体なのか、自分のことは自分で考えるというのかな。その大切さは思いますね。そういう意味では母も自分を全うした。すごい強さだと思いました。

永遠の母性

三砂　次の世代はどうしても親の世代の抱えた時代の病の影響を受ける。どうしたってそれにともなういろいろな歪みがでるとしたら、子どもが生きていくためには何が必要なのでしょうね。

よしもと　楽しさじゃないですかね。日本は楽しいことがなさすぎです。日本だと楽しいことをするには、必ずお金かかると思いこまされているもん。お金出しなさいって話ばっかりですもん。あと、ブラジルでもイギリスでもフランスでもタイでもいいんですけど、たいていは楽しいことを人生の中心に置いてます。人生はつらいものだ、だから楽しいこともなくては、って。楽しくなかったらだめだとみんな心から思っているので。日本の若い人にもそう思ってほしい。

前に某広告会社のエレベーターに乗ってて、仕事もできるし頭もいいんだろうし、全身きれいにしてる女の人と、その隣にいかにも業界ぽい男の人が乗っていました。私はその時聖路加病院に入院していてそこから脱出して、そのビルのカフェテリアに行こうとしてました。午前中だったと思うんですが、変な時間だったのを覚えているんです。その時間に男女で乗ってて、しかもムードが悪いんですよ。たぶんこの二人は夜ずっといっしょにいた二人であろうという感じの会話なんですよ。で、また会えるのかな、というようなことをとても遠慮がちに彼女が言っている。もしかしたら彼に切られると思っているんだと思うんですよ。それでまた会えるのかな、というようなことを何回かちらほら言っているんだけど、人前なのにか人前だからか、男は無視してる。

三砂　よしもとばなながが乗ってるとも知らないで（笑）。

よしもと　そう、クククッ、全部心のメモ帳に書いちゃいました（笑）。彼は、いや、うーん、ああ、七階だ、みたいな感じで降りちゃったんです。その彼女と二人だけになったのですが、彼女は私のことは目に入らない状態なんです。彼女はいつも上から下まで本当にきちんとしてて、いますぐホテルに行こうって連れて行ったとしても、たぶん完璧にきれいな姿なんだろうなっていうぐらいきっちりした人でした。お化粧もしているし爪も手入れが行き届いている。いつも頑張っているのに、あんな男にいまみたいな扱いをされるような自分になっちゃ絶対だめなんだよと、思わず言いたくなりました。そういうお嬢さんが多くないですか。

三砂　多い、多い。自己評価が低いの。プライドがありそうで、ないし、怒れない。

よしもと　されたら、怒っていいんだよ、私だったら鞄でバコーンで終わりだよみたいに思ったんだけど、なんであそこで頑張るかなと思って。恋してるからだと言われてしまうと、それまでですけど、でも、恋している弱さと、尊厳を傷つけられるのとは違います。

三砂　ブラジル人の女性だったら、間違いなくバチーンと張り倒して出ていきます。でも、自分にもある、そういう自尊感情が低いところ。

よしもと　あっ、あるんだ（笑）。

三砂　いつも自分が悪いと思っちゃうようなところってけっこうある。実はそれが昨日も露呈。昨日大学で仕事をしていたら、うちの連れ合いからメールが入ってて、玄関に鍵挿しっぱなしだったよって。

よしもと　ブラジルだったらもう一切合切が盗られている（笑）。

三砂　昨日すごく忙しくて、昼食べる暇もなかったのに、「ごめんなさい。これから気をつけます」とメールの返事だけは書きました。帰宅は九時頃で、私は鍵を忘れてると思ってるから、ピンポーンと鳴らすのに、誰も出てきてくれない。電話をしたらやっとうちの人が出てきてくれて、玄関で鍵を渡されたのだけど、見たら、それは長男の鍵だったんですよ。私のはマイケル・ジャクソンのキーホルダーが付いているのにその鍵は付いていない。おもむろに自分の鞄を見たら、鍵が入ってた。私はもうメールをもらった時点で私が悪いって思っちゃってる。なんですぐ自分が悪いって思ったんだろうって。

うちの人に、なんでも自分が悪いって思っちゃうのが私の悪い癖だよね。と言ったけど、ふーんってスルーされました。

よしもと　そのほうが、ご夫婦の間はうまく機能するのかもしれないですもんね。

三砂　大学の先生をしているから、社会的にはそれなりにちやほやされるところがないとはいえないけど、家ではまったくそのように思われてない。

よしもと　私もたいしたものと思われないというスタイルで男性との関係をうまく丸めて

きたところがあるんですよ。

三砂　家では立場が弱いかのようにふるまい、そのようにして家は回すものだという本能があったんだと思うんですね。

よしもと　きっとそれですよ。深い考えではなく、本能。

三砂　どこかで「私は仕事してるのよ」、というのを前に出すと、家が回らないみたいなところがあるのかもしれないですね。とはいえ、ばななさんが見た女の人と同じようなところが、私にもあるなと思った。

よしもと　まあ誰でも多少はあるけど、明らかにそこまで自分を貶《おとし》めちゃだめだよ、って思うんですね。返事ぐらいしろよって、私だったら普通に言っちゃうんですけどね。

三砂　いわゆるセルフ・エスティームが足りないです。セルフ・エスティームという言葉は好きじゃないけど。

よしもと　とっても大切なものだと思うんですよ、特に若いお嬢さんには。

三砂　母親が与え損ねた、というべきか。

よしもと　昔と言ってしまうと漠然としてますけど、昔だったら母親は娘にそういうことを伝えたと思うんですね。男の人に気安くさせちゃだめよみたいなことを。男親も言ったと思う。そういうのがないのがよしとなった時代が一回あったんでしょうね。

三砂　団塊の世代以降ですね。話は常にそこに戻るけど。

よしもと　団塊の世代を作った人たちの陰謀ですよね。たぶん経済的に団塊の世代にお金を使ってほしかった人たちの陰謀ですよね。中小企業なんて営んでるよりは大企業に就職したほうがいいんじゃないのとか、余裕のある生活をするのがいいんじゃないかなんて言われた。

あたかも革命を起こすことがいいことだと言っておきながら、一方で消費を煽るという、そういう時代があった。そのしわ寄せが女性たちに脈々ときちゃったというのがあるから、そういう成り立ちをわかってないと、やっぱり個人は自分のせいだと思っちゃうじゃないですか。

三砂　父親は娘に、「自分を安売りしちゃいけないんだぞ」とか、「男にほいほいついて行っちゃいけないんだ」とか、そういうことって言わなくなりましたね。

よしもと　言っちゃ野暮ったいという時代があったような気がしますね。うち親は年寄りだったんで、それに巻き込まれなかったんですけど。でもうちは割と放任でした。門限も中学までありましたが、高校になったら破りましたね（笑）。

三砂　そうね。自分を安売りしないためにはどうすればいいんだろう。

よしもと　成り立ちをつかむってことでしょうか。全部自分の責任、結局あんたたちのせいだっていうふうになってしまっていると思うんです。たとえばお母さんが赤ちゃんを殺してしまう事件がときどきありますが、それはすべて母親が悪いというふうに言われる。それは違うんじゃないのかなと思う。社会のせいにするのはあんまりいいこととは思わないけれども、この人間というものを決まりごとで管理したほうが安全だという、すきまのない状況ではそうなってしまう人もいる。

三砂　体の話に戻るけど、ちゃんと自分の体のことを感じながら赤ちゃんを産むと、捨てようと思わなくなる。動物と同じで。

よしもと　赤ちゃんと離れていても、乳が張ってきたら戻らなくちゃと思うようになりますもん。そもそもそういうふうにつながってますからね。

三砂　自分の体を使って、お産したら、ホルモンがいっぱい出るようになっているし、お産がよしんばうまくいかなくても、ひたすらおっぱいをあげれば、そういうスイッチが入るようになる。幾重にもあるスイッチが、本来どこかではいるはずなのですが、いまは全部作動しないようにしようとしている。

よしもと そうですよね。切ったほうがいいよってことになってますからね。赤ちゃんを殺してしまったお母さんは、育ちが悪いとか、人間味がないとかじゃないんですよ。たぶんかわいくも思ったと思う。でも誰も何も教えてくれなかったんだなということがわかります。

三砂 どんなお産をしたのか。そして、どういうセックスだったのか、どういう妊娠生活だったかな、と思う、その全てのプロセスのどこかで誰かが彼女に、彼女の体といっしょにやっていく方法みたいなものを示唆してあげてくれれば、そこまで至らなかったと思う。彼女はおそらく初潮が始まってからずっと、女としての生活のすべてで学び損ねてきた。でも、彼女が学び損ねたということは、上の世代が彼女に伝えそびれた。どこかで誰かなんらかの介入することができなかったのかって思うと、ほんとうに残念です。

よしもと そうなるまでに相当な積み重ねがいりますからね。悪い意味での積み重ねがないと、人間なかなかそこまでやらないから。下町のホステスさんみたいに、託児所つきの仕事場を探してきて、あるいはいやでも何でも親に頭を下げて、何がなんでも育てるという力がなかったんだなとも思いますしね。

三砂　何があっても自分と自分の産んだ子どもだけは守るというのが、それこそ本能ですからね。そこが作動しなくなったということだから、その人を責めてもしかたがない。

よしもと　そう思うんですね。そういう社会でもあるということは確かだと。保育園が足りないとかということだけではない。一言で言ってしまえば、日本人の心は経済活動に完全に巻き込まれちゃったんですよね、きっと。バブルの後ぐらいに、どどっと外資が入ってきましたからね。

三砂　そうか。私は日本にいなかったのでよくわかってない。

よしもと　大きいと思います。だってその前、中小企業があったもん。で、中小企業が町にあれば、町に知らない人はそんなにいなかったし、そこのお父さんたちは各やくざの組長みたいなもので、町のことを把握していた。

三砂　若い人も働いていたしね。

よしもと　そう、若い人、行き場のない人も働いていた。その人たちの子どもを預けるところもあった。相撲部屋みたいな、寺みたいな概念を中小企業が代わりにやってくれてたところがありますね。ああいうのがどーっとなくなって、外資が入ってきて、下請けを中国に回すとかなった時に、日本人は何かを失ったような。

三砂　地震の後、人と人の絆とかつながりとか、コミュニティを作って、とか、そういうことが言われます。本筋としてもちろんまっとうな話なので間違ってはいませんが、でもなんにもないところに繋がりを作ったりできない。

よしもと　そう、自分だけ頑張り始めなさいと言われてもむずかしい。

三砂　絆ってそうやって作るもんじゃなくて、なんらかのシステムに付随したもんですよね。町工場とか、食堂とか、お店とか、そういうものに付随してつながりみたいなものがあったわけで、中間的な媒介が必要ですよね。グローバリゼーションの波の中で、そういう小さい工場とか、小さなお店がなくなってしまった。

よしもと　まず家賃が高くて払えませんもんね。大きな会社がぼーんとそういうところを借りていくという悪循環。アジアの都市にあるみたいに、うまく屋台を束ねて夜市にしたとしたら、日本なら不衛生だって一発撤去ですよね。で、そこにビルが建っちゃいますよね。

三砂　発展途上国と言われる国って、インフォーマルセクターと呼ばれる、正当な経済活動に属してない部分がたくさんある。闇市や青空市みたいなところ。日本はそういうものをきれいに一掃しちゃったところはあるよね。

よしもと　そうなんですよね。前は中小企業のその周りに飲み屋街ができて、団地ができて、そういうふうにうまく町がつくられていましたが、いまだとバーンとビルが建って、中に関連企業の商店が入って、誰にもなんのつながりもできないというふうになってしまった。戦争に負けるってこういうことかなと私はいつも思うんです。でも、そうだよねとも言っていられないので、小説書いたり、自分は電車に乗ったら隣のおばあさんの荷物を持ったりするわけですけれども。

簡単に言ってしまうと、植民地になるというのは、こういうことなのかなと。でも、日本人はアメリカの文化を上手に取り入れて、上手に消化したと思うので、いい面もあったと思います。

三砂　戦争に負けた、ということはどういうことだったのか。それは、お父さんのテーマですよね。

よしもと　そう、父もそう言ってました。父の本は全ては読んでいないのですけど、ただ実感として、故郷を見てて思います。下町では地上げがあって、中小企業が全部なくなって、個人商店もなくなって、で、近所の繋がりが一気に断たれましたからね。それともう一つは、みんなが清潔で、身元が知れてるほうがいいと思うようになった。よくわからないけれど受け入れられている人たちがうとまれるようになった。そういう中で犠牲になったのは、きれいにして、きちっとしているけれど、本当に楽しいことは何かとは考えないようになってしまったお嬢さんたちかもしれません。

三砂　日本の戦後の歪みが、何世代かを経て、いまの若い女性に顕われている。

先ほどの自己肯定感が低いということについてね、社会構造の問題ももちろんありますが、母親の存在も大きいと思うんですよね。まあ、母親のありよう自体が社会に影響されているわけですけれども。社会科学、人文科学の世界では、「母性」という言葉はいまや嘲笑されるもの、という感じです。母性というのは人間にはもともとないもので、制度的に、後天的に女性を抑圧するために付与されたものである、ということになっている。だから大学院のゼミで、母性など口にすると失笑される。

よしもと　へえ、大学って大変なのですね。自由な学びとひとことで言えない。

三砂　だから子どもを育てている若い人たちに母性が足りないとか、そんなこと絶対言っちゃいけないという雰囲気があります。かたや、自己肯定感の低さとか、自分に自信が持てないとか、最近よく聞く、見捨てられ不安というような言葉を自分を表すのに使うことはけっこう、共感を持ってみてもらえる。見捨てられ不安やアダルトチルドレンという言葉は精神医学用語ではありませんがよく使われるようになっている。いつも誰かに見捨てられてるんじゃないかという感じがありますとか、若い人は言う。それはなぜかと言うと、自分は母親との関係がうまくいかないからとか、母親がひどい、とか言う。そういうふうに言うのは、ポリティカリーコレクトな印象をあたえる。それって「お母さんにあるがままを受け止めてくれる母性というものがたりなかった」、と言っているのではないのか、と思いますが。でも、人間には母性がある、母性は自然に備わっているというのは、ダメなんです。コインの裏表じゃないのか、と思いますけれど。

そういう見捨てられ不安や、自己肯定感の低さや、自分が認めてもらえないというのは、根っこには母親がその子がもう、生きていてくれるだけでいい、そこにいるだけでかわいい、無条件に、動物的にかわいいと思った、というようなフェーズがなかったということに起因しているのではないか。私は母娘関係尺度、というのを作ったこともありますが、母と娘の関係を見ていくと、受容されていない人は、非常に苦しいことになってる。それはそのまま数値としても出る。

母親にあるがままで受けとめてほしかったとか、自分の存在を肯定してほしかったと思っているということは、自分の母親にもっと母性的に自分たちに接してほしかったということを言ってるんだと思う。でも自分たちに母性があるのか、ないのかと言われると、いや、母性なんて言うのは制度に押しつけられたものだから自然にはない、という。矛盾していませんかね。

母性というのはそれこそ、人間の遺伝子にあるもので、弱いもの、ちっちゃいものはかわいい、無条件に助けたい、なんだか世話をせずにはいられないという感情だと思います。それは男にも女にもある。ただ女性の体を持ってると、それが発現しやすいポイントがずーっと生殖期間を通じてあるということだと思うんですよね。それで、それがうまく発現できないままに、あるいは発現しないままに子どもを育てることになった。そうすると子どものほうが、しっかり受け止めてもらった、という気持ちをもてないから、自己肯定感が低いと感じてしまうのだと思います。

母性がもっと発現するようなシステムを大切にしたり、母性が発現するようなきっかけを見つけていくようにすることが、若い人たちの見捨てられ不安のようなものを減らしていくのではないかと、思ってる。でも個人のレベルでは、子ども時代をやり直すわけにはいかないから、それに替わるような経験というものを自分で積極的に探していってもらわなきゃいけない。だから人間は恋人や友達との関係でその不安を解消していこうとしたり、よしもとばななの小説を読んだりする。

よしもと　ぜひ読んでほしいですね。だめだめでも生きていけるって書いてあるし（笑）。

三砂　親を責めてはいけないということになっているし、現実に責めてもどうにもならないけれども、やっぱり、親のありかたが影響している、と思う。そういうふうに子どもが思ってしまうように育ったのは。では、おまえはどうなのか、できたのかと言われると、すみません、自信がない、と言うしかないですけれど。

よしもと　でもどんな子でも最終的に、自分はわりと愛されたんじゃないかなと思えれば、見捨てられてないと思うんですけど。うちの父などは○歳から三歳まで全て決まると言っている。三歳までは会社を休んででもいたほうがいいと言っている。

三砂　たしかに、三歳までできまる、とおっしゃっていますよね。。

よしもと　そして、本能的にも私は三歳まではそんなに仕事をする気になれなかったですよ。私の仕事量にしたら3分の1以下でしたから。子育てのほうが、楽しいもん。だって、ちっちゃいからかわいいし。

三砂　何やってもかわいい。

よしもと　まだうるさいことをしゃべらないしね。そして学ぶところも多かった。人ってすごいといつも思いました。

三砂　お母さんと子どもがそういう時間を持てるように、この数十年整備できなかったということですね。今は、「三歳児神話」という言葉を使う。子どもが三歳までは親がいっしょにいなきゃいけないというのは科学的根拠のない神話にすぎない、というものです。厚労省の文書にもでてくるし、フェミニズムのみなさんも言っている。むしろ、逆の根拠だっていっぱいあるんですけどね。私は科学的根拠を斟酌するというよりも、「三歳児神話」と呼んだことで、本当に神話になったと思う。神話なんだから、これを信じてるあなたはとっても遅れた人ですよと言われると、みんな「遅れた人になりたくないイデオロギー」みたいなものがあるから、子どもはこんなにかわいいけど、今私は働きに行かなきゃ、ということになってしまう。これを、神話と呼んだことで、神話性が付与されたと思います。「三歳児神話」は見事なネーミングだった。科学的根拠が女性の行動を変えるんじゃない、そこから派生した力あることばが、女性を変えますから。

　でもいくら神話と呼ぼうがなんといおうが、○歳から三歳は取り返しのつかない時期だと思います。じゃ、そこがだめなら人間一生だめなのか、と、いつも言われるんですけど、いや、全然一生だめじゃなくて、人間ってそこからでも、いくらでも取り返せる。

よしもと　もちろん巻き返していけますけどね。ないままで生きていく術を学べます。そうでないと困る。大人になる意味がない。

三砂　いけますけど、でも、最初がマイナスから始めたら、マイナス部分をうめるのに何十年もかかったりする。本当だったらその年数をもっと自分が楽しいこととか、別のことに使ったほうがいい。結果として人の役に立つというふうに生きられるかもしれない。どこまでいっても人間は回復するし、きっかけは見つけられる。でもわかっているんだったら、その三年くらいは子どものそばにいてあげたほうがいい、と言っているのですけれど。

よしもと　私はどこにでも連れて行きました。打合せでも、嫌がられても、外国でもなんでも。すっごい大変でしたけど、もちろん。そういう時期は面倒だから家にいたいじゃないですか。だけど、仕事はしなくちゃなので、どうしてもとなると、どこにでも連れて行きました。どこでもおしめが替えられますよ。よしもとさん自由業だからできるんですと言われますが、自由業のほうが大変ですよ。働かないとすぐに収入ゼロになりますから。

三砂　お父さんが三歳までに人間は決まるとおっしゃっていたことが意識にありましたか。

よしもと　いや、なかったですね。お父さんの思ってたようにやったら、本当に家から出なかったと思います。でも、私はやっぱりそれまでの仕事をある程度続けていかないとしょうがなかったので。親の面倒を見なきゃいけない世代になっていましたし、仕事を辞めるわけにいかなかったんです。ふらふらになって、貧血で何回も倒れましたけど。でも、よかったなと思ってます。どんな時でも子どもがいつも私に触れる距離にいたわけですから。ママ、ぼくってちょっとかわいそうだと思わない？　ママがあんまり遊んでくれないからとか、いま言ってますけど、おまえがそう言うんだったら、この世の子どもはみんなかわいそうだと思うよ、と言えます（笑）。

何が楽しいということなのかは、真剣に考えなければならないと思うんですよ。お産も楽しいことのほうを強調してくれればいいのにと思うことが多いですね。

三砂　私もそう思うんですけれど、逆にお産の体験がよくなかったりすると、自分は失敗したとか、負けた、と思うみたいなんですよ。

よしもと　そういう思想がたたき込まれちゃって、大変ですね。

三砂　自然のお産がうまくいくと、本当に気持ちがいいみたいで、産んだそばから、ああ、また一人産みたいと思うらしい。そういう経験をできるだけ一人でも多くの人にさせてあげたい……それを伝えたいなと思うのですが、そうすると、「私は帝王切開しかできなかったんで、このトラウマをどう乗り越えたらいいですか」と聞かれてします。しょうがないじゃない、人生なんでも思うようにならないんだから。一番いい経験できないこともあるよ。子どもも元気だったら万々歳じゃないですか、200%OKですよ、どんなお産でも、と言うんだけど、自分は自然出産できなかったと言って、悶々と何年も悩む人がいたりする。

よしもと うーん、つまりみんなまじめすぎるんですね。

三砂 全部勝ち負けなんですよね。

よしもと そうですね。もし私が動物を飼ってなくて、異性と性的な接触をするのも三年に一回とかで、それで一人で暮らしてたら、それが通常の状態になってしまう。そんな、常に動物をたくさん飼っている私でさえも、若干野性を忘れてたなと思いました。子どもが生まれてよかった、と思いました。

三砂 よかったですね。

よしもと 清潔なお城みたいなところに、動物ゼロで、彼氏もゼロで、田舎の親に会うのも年に一回とかで、そうやって暮らしてたら、子どもを生むというのは、かなりハードルが高いことだと思います。趣味で卓球やっている人に急にオリンピック出ろと言うのとあまり変わらない。楽しみなことと思ってないと、あんなことに耐えられないもん。どれだけ楽しいかというのをみんなもっと強く訴えるといいと思う。でもみんな大変だったとか、痛いとか、こわいとか、そういう話しかしませんからね。

三砂　出産の経験がひどいこととしてしか語られていない上に、私たちの親の世代が、子育てなんて何も楽しいことないから、仕事があったら産まなくていいと、言いつのったしね。

よしもと　私はよく臍の緒ついてる猫とか拾ってたんでね。とても飼えない、この忙しいのに、と思うような時にも、拾ってしまう。で、何日も寝ないで世話して。それでも失ったり生きのびさせたり、生ってコントロールできない。だから自分は出産にもたえられたんだと思います。私超バリバリキャリアウーマンですもん。来週のいま頃はミラノに、そしてその次の週は、みたいな感じの生活をしてたんで。動物がいなければたぶん自分の本能を見失ってた。

三砂　もっと野性を忘れていた。

よしもと　うん、そうだったと思います。

人間の振り幅

三砂　母親がどんなふうに思って妊娠していたか、その後の数年をどんなふうに暮らしたかということは、子どもにとって大きい影響がある。吉本隆明さんが言うように、三歳までにどうやって育てられたかによって人間は決定され、ちょっとずつついろんな歪みとか、いろんな傷つき方をする。そして大きくなってから一つずついろんな問題として出てくる。その歪みみたいなものはどうやったら少しでも少なくできるんだろう。それが今回私たちが話していたことのような気がします。

よしもと　人間ってキャパシティが広すぎるからこそ、いろんなことが起こるんだろうなというふうには感じます。あまりにもいろんなことに対応できるからこそ、歪みが出るんだろうなと。

たとえば旦那さんが暴力を振るう家で、もうボコボコになって鼻血とか出して、みんなおいおい泣いたりしてるんだけど、なんかその後いっしょにご飯食べるじゃないですか。テレビ観て笑いさえする。あれは何かだと思います。人間の一番こわいところでもあるし、まあそれで生きてこれたんだろう、人類が存続したんだろうというのもある。境目のような気がします。で、よく虐待されて育って犯罪を犯すような人の生涯をみると、お父さんに金槌とかで殴られて、病院に行って帰ってきて、やはりお母さんとお父さんとご飯食べたりしてるじゃないですか。いや、疲れてたからやっちまった、悪かったなと言って、食事をしている。その場面が一番私にとっては違和感なんです。そんなにしてまでして、日常とか状況を元に戻したいものなんだなと。それはすごいなと。で、その感じがあるからこそやっていけたり、あるいはエスカレートしたりもしますもんね。

三砂　きっとほかの動物だと、もうとっくに死んじゃっているかもしれません。

よしもと　でも、人間ってなぜかそこで元に戻しちゃうんですよね。あのキャパシティはやっぱりすごいと思うけれど、それが問題を呼んでる時もあると思う。

人間は本当に破たんするまで案外がんばるじゃないですか。子どもたちもそうですよね。たとえば体を売ってるような一〇代の女の子が施設に入っていて、みんなでご飯食べて、テレビ見たりしてるでしょう。あれで保たれているし、それしかないという点もあるけれども、これをおかしいと思わないということがもう既におかしいという、そのラインが人類の秘密というか、カギなような気がしました。

三砂　着実な日常をつくる、衣食住を整えて、それを大切にするのが大事なんだと、私も言った覚えがあります。

よしもと　私もそれが命綱だと思ってるんですけど、一方、日常さえあったら、後のことがものすごく歪んでもなんとかなっちゃう。もう考えない。すごいことだと思います。

三砂　人間が子どもを産んで育てて、生活してということは、本当にかなり逸脱しても最後にはつじつまがあう、ということでしょうか。すごいな。

たとえば妊娠しても毎晩夜中過ぎまで働いたりとか、まともなものを全然食べてないとか、そんなふうだと人間は子どもを産めないんじゃないかと思うから、もっとちゃんとした生活に戻しましょうと言ってる反面、めちゃくちゃしてても、産めることもまた、ありますものね。産科医の皆さん方は本当にごくろうなさっているわけですが。

よしもと　なんとかなる時はなんとかなっちゃいますよね。それも不思議です。人間は耐えられる範囲が広すぎるんじゃないですか。まあそれを可能性と呼べないこともないのです。

三砂　紙一重ですね。

よしもと　うん、表裏というか。だから意図が大切なんですね。私はいまの日本のお嬢さんたちがいる状況って、もう極限状態だなって、どこかでは思ってます。子どもを産んだら仕事がなくなって食べていけないとか。

三砂　いや、ほんとにそうですね。みんな厳しい中でやってます。

よしもと　うん、よく頑張れると思う。

三砂　私の勤め先に来ている学生さんたちはほんとうにいいお嬢さんたちです。極端に頭がよくて、受験に強い子は、もっとちがう学校に行くし、全然勉強しなかったような人もこない。だから津田塾に来てる子たちは、そこそこ親の言うことも聞いて、学校のパフォーマンスもよくて、本当によい学生さん、という人たちがきてくれている。でも、その層はほんとうに大変な思いをしていると、何年か働いたら気がつきました。お母さんとの関係が厳しい人が多い。

よしもと　お母さんが厳しい状況にあるからですものね。

三砂　二〇代の子どもたちのお母さんは、私と同世代ですが、親に女の人も、結婚だけじゃなくて、仕事はしてほしいと言われて育てられている人たちなんです。その子どもたちの子どもなので、やっぱり一生懸命育てられちゃってる。お母さんたちが夢を託してるわけですね。

よしもと　ある意味での過保護というか。応援されているからがんばっちゃったり。

三砂　私はアフリカとか、ブラジルとか、変なところに行きたかったから、いまの仕事を選んだんですけど、私たちの世代でそういう仕事を選ぼうとしたら、親は当然大反対をした。なんで女の子がそんなとこ行かなきゃいけないんだって。でも、いまの若いお嬢さんたちは母親がそういうことをやりたかったと思って育てられている。たとえば緒方貞子さんみたいな人に憧れていて。

よしもと　ぜひ行ってくれみたいなお母さんたちなんですね。

三砂　世界の困った人たちのために役に立てるような人になれとか、言われているんです。だからがんばらなきゃいけないと思っている。自分がここまででいいとか、そういうふうに思って育っていない。一番基本的なところでいろんな問題を抱えてきている。高校までは自分の中の問題を全部抑えてやってこれたんでしょうけど、大学に入ると箍《たが》が外れて自由だから、そうなると、何していいかわからなくなってしまうこともある。摂食障害、リストカットとか、そういう問題につながったりすることにもなるんだと思う。

よしもと　それだと逃げ場もないし、本当に大変だと思います。

三砂　それに、何をやっても自分の責任というふうに言われる。いまの若い人たちにあまりいい環境って提供できてないんだな。先の世代として反省します。

よしもと　そうですよね。私も常に小説で力になりたいです。子どもを産むということは、雲の上というか、夢のまた夢ぐらいの気分なんだろうなって思う。

三砂　子どもを産むこと自体が、自分で決めなきゃいけないことになっているでしょう。

よしもと　決めるようなことでもない。自然にできちゃうんじゃないのと思うけど、そうじゃないんですね。

三砂　意思で決断しなきゃいけないものの一つになっている。たとえば二〇歳前後で妊娠したら、産めばいいと思うんですよね。産めない理由っていくらでもつけられるけど、本当に産めないのかというと、別に大した理由も、なかったりする。

よしもと　なんとかなるんじゃないのと思います。でも、まだ大学生で問題がでてくるのはまだ救いがあるような気もします。もっと大きくなってから出たらたいへんです。私は下町の出身だから、もともと無法地帯みたいなところで育っている。若いお嬢さんたちがそうでないところからいきなり社会に出ることになるから、私よりもっと大変になっているなと思います。

三砂　最近、女子大の役割は、大学生の間にいろいろ自分の問題があるのなら、安心して出せるような場にしておくということかな、と思っています。

よしもと　いまなら何やっても大丈夫ですよ、みたいな感じですね。大人になるまでにゆっくり決める、そういう場だといいですね。

三砂　自分の中の傾向を大学生の間に気がついて、大学にいる間は安全だから、何をやってもいいから出しちゃって、それでなんとかそれと折り合いをつけて、それでもつらい時は、よしもとばななでも読みながら生きていってくれたらいいんじゃないかなと。

よしもと　三歳までの育てられ方によって生き方というのが決まるといっても、完璧に育てられた人は少ないと思うので、その自覚をしてから後、どういうふうに生きていくかということですね。だれにとっても並大抵のことではないと思いますが、人間とは元々そういうものだと思います。

三砂　どんなに理想的に育てられても、やっぱりなんらかの形で自我に傷って負うから。

よしもと　生きていくってそういうことですもんね。

三砂　それをどうストーリーにして生きていくかということなんでしょうね。自分の育ってきた環境を対象化できるか、ああ、私って特別な環境だったんだなとか、でも、それはしかたがなかったんだなとか、そういうことができるようになるきっかけを得る。ばななさんはそう言うことに気がついたころはいつですか。

よしもと　私はたぶん社会に出た時ですかね。世間というものを生身で知ることになりました。言葉ではなくて、肌で感じたのはよく覚えてます。自分の育ちを見た時に、こういうところはよかったけど、ここは悪かったし、ここはもう取り返しがつかないほど傷ついてるとか、そういうことが全部経験の中でわかっていきました。いまだによくわからないこともありますね。なんでこういう時、自分はこう反応するんだろうと。なんでこんなことを言うクセがあるんだろう? とか。ひたすらおもしろいなあと思って観察します。なんでここで私は怒るんだろうとか。あ、これはあの時のこれが原因なのかとか。物事に何一つ理屈が立たないものはないなと思います。

三砂　なんでこういう人があんまり好きじゃないのかなとか。

よしもと　自分の偏りがなんとなくわかってきます。で、それは補正するべきものではなくて、理解すればいいと思っているのです。ここ偏ってるんだで終わらせておくというのがコツかなあと。偏りは押し込めておいたら出てきてしまいますけれども、理解してあれば押し込めてあるわけじゃないですから。

私たちぐらいの時代に受けた教育は、とにかく成功が万能という志向だから、何事も成功させないといけないというふうに、思いこんじゃってると思うんですよね。それを外すのはけっこう大変でした。お金が入ってくるといいことがあるというのと成功はまた違うし、名声みたいなものと成功もまたイコールじゃないと思うんですけど、とにかくいまよりよくならなきゃだめだっていう思い込みはありました。何をよくしなければならないかというと、生活レベル。その刷り込みは相当すごかったと思います。人の、幸せでありたいという心とよく一致しますものね、その考え方は。

三砂　高度成長期だしね。

よしもと　その刷り込みは学校教育によると思いますよ。

私の周りでもエリートコースから外れて自殺した人はけっこう出ました。近所に開成高校と東大があったから、そこに行けなかったら失敗だと思ってしまう男の子がいました。

三砂　そういうのを自分で外せたきっかけみたいなのってありました？

よしもと　いろんなことを見に行ってみました。たとえばひとつの例として、ホーマットやヒルズ系に代表されるような、ホテルみたいなマンションに住んだとして、受付の人がいて、宅急便も取ってくれるし、隣接した施設にスーパーがあって、電話で届けてくれる。そういう環境にいたら、仕事ができるし、有象無象の人に会わなくていいということが起こる。そういうのが成功的な生活とも言える。でもそんなのいやだなと思いました。下町育ちの私には、そんな生活は淋しいのです。それぞれに合う生活があるのです。

三砂　なんかやっぱりきっかけがありますよね。私は、自分の親戚の中で、一番最初に大学に行った、というような環境で育ったから、お勉強したらどうなるというようなイメージがまったくなかった。親も当然わかってない。父は中学校しか出てなくて、自分が学歴がないためにどんなに戦後嫌な思いをしたかというそのルサンチマンで生きてるような人でした。自分の生活の中に大学というものが、インテリの生活というものがなかったんですよ。そんな中で、ぼんやり思ったんですね。そうだ、海外、行こう。

よしもと　むちゃくちゃ叶ってますね。

三砂　でしょ。でも、その時のイメージというのは、いまばななさんが言われた、受付のあるマンションの話と似たような感じで、私の海外に出るイメージは、華やかな国連の職員になるとか、そういうイメージだった。

よしもと　同時通訳みたいな。

三砂　そうそう、ニューヨークでハイヒール履いて、とか。

ある時、外務省でバリバリ働いている女性の写真が新聞の記事に出ていた。彼女の親も外務省で、ハーバードを出て東大にも行っている。ああそうかあ、国連の仕事とかって、こういう世界の人がやるんだ、私の仕事じゃないんだとつくづく思ったんですよ。私はもっと、自分が好きで楽しいことをやることにしよう、こういう世界はどうせ私が行くところじゃない、エリートの人がやることなんだ、と思ったのを、今でもよく覚えてる。小和田雅子さんの記事でしたね、今思うと。

よしもと　まさに、そのイメージですね。

三砂　その後皇太子妃になられたのを見るにつけ、やっぱり違うよなって。当たり前ですけどね。でも、私がエリートラインみたいなものへの憧れが崩せたきっかけはあの記事だったような気がする。これは自分の求めている世界じゃないんだって。崩せなかったとしたら、きっともっと苦しい人生になったと思う。どうせ届かないんだから。

よしもと　合わせていくしかないしっかりした形のある世界ですからね。茶道とかと同じで。

三砂　国連職員になって鬱になった人を何人も知ってる。

よしもと　私も知ってます。やり甲斐をもって取り組んで、楽しいみたいな人はあまり見ない。体こわしたり悩み深い人が多い。

三砂　でも、そういう意味では、私たちの世代ってそういう成功のひな型みたいなものが幾パターンかありますね。

よしもと　そこに乗れないとちょっと違っちゃうんですね。たぶん作家の世界もあるんだと思うんですね。さっきも言いましたが、私も作家としてのあるレールは降りてしまいました。家庭を持ったことと、読者をいちばん近くにすると、生き方の面でそれしかなかったです。賞の選考委員などはやりませんから。もうみなさんあきらめてくれました。たぶん村上春樹さんもそうなんじゃないでしょうか。私たち、お互いがいてよかったとたぶん思ってると思います。

三砂　世界が認める日本の代表的な作家のおふたりです。

よしもと　社会生活を削るぐらいの気合がないと、読者の人と向き合えないんじゃないかなと思います。若い作家さんたちにひとつの形を示したのはよかったと思っています。

三砂　それは村上さんとよしもとさんがやってこられたからでしょうね。

よしもと　たぶん、切り開いたんだと思います。作家って本来は自分の頭の中のことを表に出していくだけの仕事だから、ほかの義務が生じてしまうと、できなくなっちゃう人もいるんです。生き方イコール小説なので、切り抜けていこうと思っています。

三砂　私はものを書き始めたのが遅い。だからこそもっと自分を書くことに追い込むために、一時期はなるべく早く教師と研究者は引退したい、とか思っていたんですけど、教師が楽しいので、できる範囲でやっていこうというふうに腹を括りました。いままでいろいろな学生さんを見てきてるんですけど、この子は苦手だ、この子はいやだ、と思った子が一人もいない。きれいごとじゃなくて、そうなので、きっと教師はむいているのだ、と思うことにしました。楽しいし。

よしもと　それは本当に向いてますよ。こんな先生いたらいいなってうらやましく思いますもの。

三砂　書くことも諦めたくない。書いていくことで、やっぱり一番自分自身への理解が深まる。

よしもと　そうです、やっぱり初めは自分の心を慰めるために書くんだと思うんです。

三砂　その先にほかの人がいる。

よしもと　深く掘っていけば、いつしかほかの人も慰められるようになるという。

三砂　結果としてそうなんですね。

よしもと　たぶんそういうことだと思うんです。

三砂　まだこのスタイルでいけばいいというようなものは、わからないんですけれど。

よしもと　私は一〇年間に一回ぐらい、きのうまでこうだったのに、真反対じゃんみたいな感じになることがあります。それがおもしろい。それってたぶん自分だけが考えていることではなくて、時代の流れを感じて臨機応変に舵を取ってるんだと思います。三砂さんは全身先生なのに、自分の考え方、思い、そして見てきたことを正確に文章でちゃんと表せる。だから両方楽しみにしてます。

三砂　先生と言っても、若い友だちが増えてくるみたいな感覚でこちらが楽しいばかりなんで、学生がどう思っているかはわかりません。でも、卒業してもなんだかんだと連絡してきてくれますからうれしい。薬飲んじゃっていま体動かない、先生どうしましょう、なんて電話がかかってくることもあった。ばかなこといわないで救急車呼びなさいと言ったけど。

よしもと　いやあ、でもそういう時、ぱっと三砂さんのことを生徒さんが思い出すというのはほんとうにすごいことですよね。

三砂　うん、思い出してくれて、そこでとどまってくれたら、それはうれしい。めったに連絡してこないけど、してくる時は生きるか、死ぬかみたいな時、という人も何人かいるから。

よしもと　もともとそういうのを助けたり扱うのが先生とか、お坊さんとか、作家とかいうものなんだと思うんですよ。

三砂　そうなんですね。親のやりこぼし、やり残した歪みみたいなものを、あとの人生でいろいろフォローしてくれる職種がいろいろあるわけですね。そういう意味では、人間のつくってきた世界ってうまくできているような気もする。親として失敗しても、いろいろなところでフォローされて、みんな生きていける。でもやっぱり親からの歪みはできるだけ少なくするよう、努力はしたいですね。

数多《あまた》の失敗を越えて

三砂ちづる

よしもとばななの小説を読むと自分のことを語りたくなる。周到に書かれたものたち。記憶を取り戻すということ。忘れているけれど何かをきっかけに自分の歴史を思い出す。忘れていたことを思い出したり、誰にも語れなかったことを言葉にしようと思ったりする。それをただ考えてみたり、口にしてみたり、文章にしたり、自分で自分だけの物語にしたりする。それ自体が「救い」のプロセスなのだろう。自分の失った記憶、失いたかった記憶、失ってしまった記憶がつぎつぎに顔を出して語ってもらいたがるようになる。

それはとてもいとおしく、切ない。

「私の小説はどれを読んでもらってもいい、どこから読んでもらってもいい、一部だけ読んでもらってもいい。自殺しようと思う人が一〇分、のばしてくれたらいい」

こんな人がいるなんて。こんなふうに思ってものを書いている人がいるなんて。本物の作家で、本物の人間で、そのたたずまいのすばらしさに私はとにかくびっくりしてしまって、私などが時間をいただくのが申し訳ない、と本気で思って、彼女の時間を取ってしまったことを後悔した。この方は、私なんかとしゃべっていないで、その時間に読者のために原稿を書いているべき方なのだ。その時間を奪っている、と冗談ではなく、思った。ハラのすわった、軸のとおった、とにかく、すごい人間だ。ぼおっとして興奮してしまって何をしゃべったのかも覚えていない。読みかえしてみても、ただ夢中でしゃべりつづけてしまったことがほのみえる。恥ずかしいかぎりである。

ばななさんに初めて会った次の朝、私は猛然とふき掃除をした。いや、まあ、いちおう一家の主婦なので、ふき掃除くらいはふだんからやらないわけではないのであるが、その朝はとにかく、今まで気にならなかったとれないしみとか、たまったよごれとか、そういうことが普段に増して目について、もう、せっせと拭き掃除をした。なんだかものごとが正しい場所に正しくあらねばならないような気がしたのである。そしてそのためにできそうなことが、さしあたりは、ふき掃除のような気がしたのである。ばななさんに会ったら、そういう、スイッチがはいってどうにもとまらなかった。少しでもよい人間になりたい、という願いがふつふつとわいてきた。

ばななさんにはいつか会えたらいいな、と思っていたのだ。実際に共通の知人もいたし、それがご縁で本の帯を書いてもらったし（あらためてありがとうございます）、対談のオファーも何度かあったような気がする。いつか会いたいと思っていたら、お父さんの吉本隆明さんが亡くなってしまった。吉本隆明さんの本を読み直し、ばななさんの本を読み直し、やっぱりばななさんにいつか会いたい、と思った。それを聞いた編集さんが間に入ってくださって、それではいろいろ法事などが終わった秋頃に、ということになって一回めの対談をした。そして二回めの対談を計画したら、ばななさんのお母さんが亡くなってしまった。プロフェッショナルなばななさんはそれでも二回めの対談を延期しない、とおっしゃっていたが、さすがに葬儀の日と重なってしまったので延期となった。

二回めの対談を終えて、テープおこしがゲラになる頃、今度は私の父が死んだ。父を送った先輩のばななさんにどれほど本当の意味で「役に立つ」あれこれのアドバイスをしていただいたかしれない。私たちの間に距離はあるのに、それは感じさせないような魂の近さからくる心強さ。なんとありがたいことだっただろう。それなしには、私が父を送る時期はもっともっとつらいものになっていた。

『女子の遺伝子』というタイトルは、本文にでてくる、ばななさんと、吉本隆明さんとの最後の対談でのお話からきている。

「父が一番本を読んでた時代には、与謝野晶子とか高村光太郎の嫁・智恵子とか、その前の時代に現れた進歩的な女性がいっぱいいて、戦後にフェミニズムが盛んになっていった。自分もそのことについてそれなりに考えてみたと。いろんな芸術家が、各家庭で、私は家事をやらないわとか、ご飯作らないわとか、子どもを産んでも知らないわ、子どもなんて生まないわとか言って、いろいろなトライしたけれども、基本的にはうまくいかなかったと思う。どうしてかというと、それは遺伝子の問題だからだって言ったんですよ。女の人は子どもの世話をしたり、ご飯を作ったり、なんとなく面倒見ちゃったりするのは、遺伝子の問題だから、精神では戦えないんだという結論に達したというようなことを言っていたんです。」(一四六ページ)

数多《あまた》の女性たちはいろいろトライした。でもうまくいかなかった。それらの失敗の経験と生きづらさとご苦労のうえに、私たちが今、女を生きている。「遺伝子」などという、一見科学の言葉のようで意味のないプラスティックワードを使うなとか、本質主義は排するべきだとか、そんなふうに言って女に子どもの世話と家族の面倒を見ることをおしつけるのかとか、もう、みなさま、言いたいことはたくさんおありであろう。しかし、吉本隆明さんが考え尽くした果てに、愛する娘に言い残したことを、あだおろそかにはできまいぞ、と、考える。

家事があんまりお好きじゃなかった、というお母さんとの恋愛世界を生ききるために、せっせと家事をやってごはんをつくって、子どもたちにやさしい言葉をかけて、扉なんかない部屋で、「お父さん、一〇〇円ちょうだい」とか言われながら、お仕事なさっていたお父さん。きらびやかな個性が四人でくらした吉本さんち。その歴史のくぎりが昨年だったのだろう。吉本隆明が父、美意識を生ききった吉本和子が母、鮮烈なマンガ家、ハルノ宵子が姉（息子も私も『プロジェクト魔王』が実は好きなのだ。この時代にこそ、続きが読みたい）。その重ねられた日常の暮らしの落ち着きと、また、エキセントリックさ、が育んだ、よしもとばなな、という人。その人がいま、世界中に希望を灯しながら、体いっぱい、元気に、やさしく、生きている。すごいよ。世界をなぐさめている。数知れない人の心に明かりをともして。それでね、もう、元気いっぱい生きている。やさしい目をして。あふれんばかりのあたたかさで。仕事がすごいけれど、ひとりの女性としても、人間としても、本当に周囲にあたたかい、まわりを大切にする、すてきな人に育った。お父さん、お母さん、どうぞ安心して眠ってくださいね。「よしもと、って屋号ですから」とばななさんはおっしゃっていた。世界はこの屋号に、ただ、感謝している。よしもとばななという贈りものに、感謝している。

数多《あまた》の女性たちの失敗の上に、次の世代の女性たちにはぜひもっと幸せになってもらいたい。祈りのような対談であった。編集部の足立恵美さんのおかげで、また、本当にありがたい仕事をさせていただいた。御礼を申し上げたい。この本に関わってくださったすべての方々、本当にありがとうございます。

三砂ちづる(みさご・ちづる)

1958年山口県生まれ。兵庫県西宮で育つ。京都薬科大学卒業。
ロンドン大学phD(疫学)。津田塾大学国際関係学科教員、作家。
主な著書に『オニババ化する女たち』『疫学への招待』
『コミットメントの力』『きものとからだ』
『赤ちゃんにおむつはいらない』
『不機嫌な夫婦』などがあり、女性の妊娠、出産、生き方などに
数々の提言をしている。また小説に『月の小屋』
『不完全燃焼、ベビーバギー、そして暴力の萌芽について』、
翻訳書にパウロ・フレイレ『被抑圧者の教育学』などがある。

よしもとばなな

1964年東京生まれ。日本大学芸術学部文藝学科卒業。作家。

87年、小説「キッチン」(海燕新人文学賞)でデビュー。

『キッチン』『うたかた/サンクチュアリ』で芸術選奨文部大臣新人賞受賞。

『TUGUMI』で山本周五郎賞受賞。『アムリタ』で紫式部賞受賞。

『不倫と南米』でドゥマゴ文学賞受賞。イタリアのスカンノ、
フェンディッシメ文学賞「Under 35」、マスケラダルジェント賞文学部門受賞。

『キッチン』をはじめ、諸作品は海外30数カ国で翻訳、出版されている。

著書に『王国』シリーズ、『デッドエンドの思い出』『イルカ』『まぼろしハワイ』

『サウスポイント』『彼女について』『もしもし下北沢』

『どんぐり姉妹』『ジュージュー』『スウィート・ヒアアフター』

『人生の旅をゆく2』『さきちゃんたちの夜』など多数がある。

女子の遺伝子
2013年3月27日　第1版第1刷発行
2013年5月17日　第1版第3刷発行

著者：三砂ちづる＋よしもとばなな
発行所：株式会社亜紀書房
郵便番号：101-0051　東京都千代田区神田神保町1-32
電話：03-5280-0261　http://www.akishobo.com　振替：00100-9-144037
印刷：株式会社トライ　http://www.try-sky.com

装丁：寄藤文平＋鈴木千佳子（文平銀座）
カバー・扉　写真：齋藤陽道
本文写真：鈴木俊介

ISBN978-4-7505-1307-2 C0095　乱丁本、落丁本はおとりかえいたします。